AF576293

42, rue Augustin Moreau

roman

AMETH GUISSÉ

42, RUE AUGUSTIN MOREAU

roman

10 VDN, Sicap Amitié 3, Lotissement Cité Police, DAKAR

http://www.librairieharmattan.com
diffusion.harmattan@wanadoo.fr
harmattan1@wanadoo.fr

ISBN : 978-2-343-09239-3
EAN : 9782343092393

REMERCIEMENTS

Notre reconnaissance à Me Mbaye Jacques Diop, maire honoraire de la ville de Rufisque et ancien président du Conseil de la République pour les Affaires sociales du Sénégal qui, de par sa vision, avait contribué à la formation de toute une génération en démocratisant l'octroi des bourses municipales pour les études à l'étranger. Il aura permis à tous ces destins de se croiser. Nos remerciements infinis à son endroit.

Mes remerciements à Ndianckou Mbengue – Mbor Sénior – d'avoir insisté pour que je me mette à la rédaction de cet ouvrage. Il a été le commanditaire et c'est l'occasion pour moi de saluer ici son sens inné de « fédérateur » et sa disponibilité légendaire. Son sens du partage a motivé la rédaction de ce texte afin que le souvenir reste en chacun de nous.

Mes remerciements également à Abass Ndiour, Ndappa Diaw, Anna Diop, Abdoulaye Fall, Maguette Ndoye, Ibrahima Ndoye, Fatou Bintou Ndoye…, pour leur relecture et revue du manuscrit.

Ma reconnaissance éternelle à eux tous pour leur fidélité en amitié et leur affection profonde.

PRÉFACE

Rappeler des souvenirs d'une époque fait souvent appel à la rédaction de mémoires avec le souci de la fidélité dans la restitution des évènements qui ont jalonné une vie partagée. 42, rue Augustin Moreau ou Une vie estudiantine à Sevran-Beaudottes, *voilà bien une nouvelle qui s'inspire de notre vécu d'étudiants tout en nous plongeant dans une certaine forme de lyrisme littéraire propre à l'auteur.*

Ameth Guissé réussit la prouesse de faire narrer une tranche de notre vie par une autre personne, une Européenne, Corinne, spectatrice et personnage du roman qui, avec sa sensibilité toute particulière, parce que différente de la nôtre, revisite une époque qui restera à jamais gravée dans nos mémoires. L'auteur, dans un style limpide et avec des mots simples, nous fait revisiter cette belle période. Il est à reconnaître ici que lui, mieux que quiconque, est le plus habilité à décrire notre vécu de par son talent d'auteur que rien dans sa formation ne prédestinait. En effet, financier à la mémoire extraordinaire, il a su nous faire revivre trente-quatre ans après, ces moments de notre vie estudiantine qui resteront à jamais à la postérité. Merci, Ameth, nos enfants et petits-enfants te remercient déjà…

Eh oui, plus de trente années se sont écoulées et, à la lecture de cet ouvrage, nous remontons facilement le temps parce que revoyant une à une les images de cette vie qui, quoique parsemée d'embuches, fut la plus belle de notre parcours. Ameth Guissé nous restitue avec une exactitude frappante les différents personnages de la résidence et les surnoms attribués à chacun, tirés le plus souvent d'un vécu. Ils se nommaient Yasser Arafat, Adjudant Ngagne, Guet, Pain-Beurre, Katumba, Maïer, Blain, Holzenbein, Adama le laveur de carreaux, Waldir Peres, Mbor MC, Petit G., Goliath, Bernard Paringo..., des appellations qui, à elles seules, sont des histoires toutes singulières.

Comme si l'auteur empruntait à Marcel Pagnol des scènes de la vie marseillaise, 42, rue Augustin Moreau ou Une vie estudiantine à Sevran-Beaudottes, *renvoie à une certaine ambiance, celle de la convivialité comme chez Pagnol dans sa trilogie* Marius, Fanny *et* César *ou simplement* La Femme du boulanger.

La quotidienneté de notre vie décrite dans cet ouvrage, malgré la précarité de nos conditions si admirablement formulée par cette phrase : « rien ne suffisait, tout y était peu », *nous rappelait l'impérieux devoir de solidarité astreint à chacun de nous. Mieux, c'était une conscience et, peut-être est-ce cela qui constituait notre richesse, la sève qui alimentait notre envie de relever le défi de l'avenir. Aujourd'hui, en regardant dans le rétroviseur, nous ne pouvons pas nous empêcher d'éprouver ce sentiment de fierté, celui d'avoir déjoué tous les pièges de cette vie hostile où la liberté était un traquenard et où les conditions étaient plus qu'anormales.* 42, rue Augustin Moreau ou Une vie estudiantine à Sevran-Beaudottes *est une belle leçon à l'adresse de la jeune génération qui estime que toutes les conditions doivent être réunies pour réussir dans les études. Ici, le désir et la volonté avaient prévalu. D'ailleurs, ne sont-ce pas les seules nécessaires ?*

Raconter une tranche de vie surtout celle estudiantine, nous pouvons tous en faire des volumes parce que chacun en a des souvenirs propres, mais toute la différence résiderait dans la manière de la raconter. Ameth Guissé nous offre au travers de ce récit, un texte bien articulé avec une musicalité certaine, des mots choisis, enveloppés dans une tendresse qui réveille une nostalgie du passé, ce sentiment fort des temps marquants d'une vie que les années attendrissent.

Amis lecteurs, apprenons donc avec Dostoïevski « qu'il n'est rien de plus noble, ni de plus fort, ni de plus sain, ni de plus utile dans la vie qu'un beau souvenir (…). Si l'on emporte beaucoup de ces souvenirs dans la vie, on est sauvé pour toujours ».

Voilà notre richesse que nous vous livrons au travers de ce magnifique livre qui vous fera certainement voyager dans le temps et dans l'espace, avec tous ces personnages qui ont rythmé la vie de Sevran-

Beaudottes et ce qu'ils sont devenus trente ans plus tard…

Bonne lecture et bonne découverte !

Ndiankou MBENGUE
Mbor Sénior
Administrateur Directeur général
Manutention Logistique & Transport (M.L.T.)
Membre du Conseil National du Patronat (C.N.P.)
Président d'Honneur du Centre de Formation aux Métiers portuaires et à la Logistique.

« Étudier à Paris, c'est naître à Paris »
Victor Hugo, *Les Misérables*

La rencontre

C'était l'automne 1982, j'étais avec une bande de copines et nous revenions de vacances, la tête pleine d'images de ce pays lointain qu'est le Kenya, où le safari et les réserves naturelles de l'Afrique agrémentent à eux seuls des souvenirs. Tout y était féérique et nous regrettions déjà de retrouver Paris avec ses pluies interminables, ces larmes de tristesse que le ciel y déverse pour être en symbiose avec l'humeur ambiante des gens qui peuplent cette ville pourtant cosmopolite.

Gare du nord, lieu de correspondance pour prendre le métro qui devait me conduire à Opéra où un autre changement de ligne m'attendait pour Auteuil. Là, à peine avais-je dit au revoir à mes copines et tiré ma valise sur le quai, qu'un homme se présenta devant moi avec un bout de papier plié en deux et me le tendit. Immédiatement, j'avais pensé à ces infortunés qui demandent de l'aide dans le métro, et, avec ce dédain qui nous caractérise nous autres Occidentaux, j'avais jeté le bout de papier dans la poubelle sans même me donner la peine de le lire.

Sitôt lui avais-je tourné le dos, que le monsieur me rattrapa et me remit le même billet que je n'avais aucune peine à reconnaître parce que froissé par mes soins.

« Que me voulez-vous ? M'enfin, vous me lâchez les baskets nom d'une pipe ! », finis-je par dire.

Calmement et sans s'énerver un seul instant, le monsieur m'offrit ces trente-deux dents dans un grand sourire qui irradiait tout son visage. Cette attitude inoffensive me désarma totalement et du coup, je changeai le ton de mes propos en y mettant un peu de douceur.

« Que me voulez-vous Monsieur ?

— Rien, juste vous remettre ce papier que vous avez jeté dans la poubelle.

— Je l'ai jeté parce que je n'en ai pas besoin.

— Mademoiselle, quand on vous remet un papier plié, au moins vous pouvez vous donner la peine de lire le contenu.

— Pas la peine monsieur, parce que j'en reçois tout le temps dans le métro, des gens qui écrivent des petits billets pour demander de l'aide, arguant qu'ils sont victimes de ceci ou de cela… Toute la misère du monde a déménagé à Paris.

— Je comprends maintenant que vous réagissiez de la sorte, surtout que vous semblez revenir de vacances, la tête pleine de belles images. Mais rassurez-vous mademoiselle, il ne s'agit point d'une quête.

— Alors, monsieur, découvrons dans ce cas les belles lettres… »

Je dépliai le papier tout froissé et parcourus des lignes animées, des mots écrits avec un soin particulier, avec toute l'application des vieux instituteurs, les pleins et les déliés respectés dans toute leur dimension. Les quelques lignes mentionnaient ceci :

« Yasser Arafat

42, rue Augustin Moreau, 93270 Sevran-Beaudottes

Téléphone : 868 66 40 »

Je relevai les yeux pour regarder mon interlocuteur. Son large sourire fendit à nouveau sa bouche pour exposer à nouveau ses trente-deux dents toutes blanches que sa couleur de peau rendait encore plus éclatantes. Je revois cette Afrique que je venais de quitter dans toute sa splendeur et dans toute sa gaieté. Il avait toujours le sourire et me regardait, heureux et insouciant, affichant ainsi son bonheur de capter mon attention.

« Je ne comprends pas, monsieur. Yasser Arafat, c'est le leader de l'Organisation de libération de la Palestine. Il habite maintenant Sevran-Beaudottes ?

— Oui mademoiselle, il squatte maintenant Sevran-Beaudottes !

— Il est réfugié politique maintenant en France ?

— Non, il est devenu un infortuné demeurant maintenant dans le département de Seine-Saint-Denis. »

J'éclatai dans un grand rire tellement l'histoire était cocasse. Yasser Arafat, un infortuné squattant à Sevran-Beaudottes ! Il ne restait que cela pour parfaire toutes ces images qui peuplaient mes rêves…

L'ENTREVUE

Deux jours plus tard, je retrouvai mon nouvel ami au café de la rue de Rivoli du 1er arrondissement. J'avais accepté son invitation l'autre jour sur le quai de la gare du Nord au moment où nous nous séparions. Le souvenir de l'homme jovial m'habitait encore et je m'y accrochai avec l'illusion d'être toujours en Afrique, et lui, demeurant ce lien. Peut-être le souvenir de mon récent séjour dans le continent m'avait installée dans des dispositions d'esprit telles que je sentais une certaine proximité avec ses fils et cela avait été un facteur décisif dans l'acceptation de cette main tendue. La manière drôle avec laquelle il m'avait abordée avait suscité en moi un intérêt réel pour connaître davantage le personnage.

Il m'avait dit s'appeler Yasser Arafat et venait du Sénégal, ce pays presque « voisin » au nôtre, à l'élégance légendaire et où le français était mieux parlé qu'à Paris grâce au président-poète Léopold Sédar Senghor, devenu académicien après sa retraite politique. Yasser Arafat était un cas pour moi parce que le nom m'intriguait. Dans l'Histoire, il n'y a qu'un seul Mohamed Abdel Raouf Arafat al-Qudwa al-Husseini, et il est Palestinien, non Sénégalais. Je sortais de mon sac le petit papier qu'il m'avait fourré tel un prospectus et relisais les mots griffonnés :

« Yasser Arafat

42, rue Augustin Moreau, 93270 Sevran-Beaudottes

Téléphone : 868 66 40 »

Ce nom était une énigme pour moi et je piaffais d'impatience de rencontrer mon nouvel ami pour percer les secrets de son « état civil ».

Un grand sourire « Y a bon nègre banania » illuminait le café de la rue de Rivoli à mon apparition. Je me dirigeai alors directement vers Yasser Arafat attablé au fond du café. Il se leva pour m'accueillir les bras largement ouverts, exprimant ainsi toute sa joie de me rencontrer à nouveau. Je découvris alors réellement sa silhouette, un homme à la taille moyenne d'un teint tout noir avec des oreilles décollées, détail que je ne pouvais voir à notre première rencontre, parce que cachées sous un bonnet. Pour cette fois-ci, il s'était mis à découvert pour m'offrir sa figure en entier. Un regard vif et expressif venait surplomber un nez épaté avec de larges orifices nasaux qui pourraient, à eux seuls, respirer tout l'air du monde. En sa présence, tout autre individu ne peut respirer que du résidu d'air, l'harmattan chaud et sec ! Une dentition toute blanche amoindrissait sa laideur et donnait à son large sourire un air jovial et bon enfant.

À vrai dire, le monsieur que je retrouvai au café de la rue de Rivoli n'était pas le même que j'avais rencontré à la Gare du Nord. Quelque chose d'extraordinaire s'était opéré en lui : il avait une sérénité qui contrastait avec l'image de l'homme désemparé que j'avais rencontré. Tout paraissait « relooké » chez lui et l'ensemble « jean » qu'il portait lui allait comme un gant avec ce foulard palestinien autour du cou. En cela, il était bien Yasser Arafat. Peut-être tenait-il par là son pseudonyme, me disais-je…

Il était disert et à l'entame de notre conversation, sans même user des préalables d'usage, il me parla de son pays le Sénégal, de sa ville Rufisque, une des quatre communes à côté de Dakar, Gorée et Saint-Louis, et de la nationalité française qui lui était attachée du fait de sa naissance dans une ville qui était à l'époque considérée comme un DOM-TOM. Mais de toutes les nationalités, il préférait celle sénégalaise qui était bien plus authentique.

Plus il parlait, plus je m'abreuvais de ces paroles tellement son éloquence m'hypnotisait. J'oubliai même de boire mon café et il m'en commanda un autre. Nous discutâmes à bâtons rompus sans encore arriver à l'essentiel qui était pour moi l'origine de son nom, Yasser Arafat, qui restait encore une énigme. Je me résolus finalement à lui poser la question :

« Dites-moi, vous vous appelez réellement Yasser Arafat ? »

Il se lança dans un grand éclat de rire qui fit même retourner les clients au bar et d'autres attablés.

« Je savais que cette question allait venir. Mais d'abord, dites-moi vous, quel est votre nom ?

— Corinne.

— Voilà, maintenant je pourrais au moins mettre un nom sur votre visage. Saviez-vous que l'origine de ce prénom est située dans la Grèce Antique et renvoie à la poétesse Corinna qui rivalisait avec le célèbre Pindare ?

— Vous en savez des choses que j'ignore moi-même. Pardi ! Et vous, savez-vous que le véritable nom de Yasser Arafat est Mohamed Abdel Raouf Arafat al-Qudwa al-Husseini ?

— Non, ce n'est pas mon véritable nom à moi. Là, vous faites confusion… »

Des rires joyeux se firent entendre encore.

De notre rencontre de ce jour, il ne fit aucune explication sur le sens réel de son nom de Yasser Arafat. Tout au plus, je compris que c'était une histoire à part ayant trait à sa vie toute particulière…

À notre troisième rencontre, il me révéla enfin l'histoire de son nom et par la même occasion, celle du bout de papier sur lequel il avait griffonné quelques mots et qu'il m'avait tendu à la Gare du Nord.

Mais ça, c'est toute une histoire que je vous ferai découvrir au fil du récit…

BEAUDOTTES

Les jours passèrent et nous nous rencontrâmes de manière plus régulière parce que le hasard des choses fit que nous fréquentions la même université, Paris X Nanterre.

Je m'attachai à lui et ne pus plus me passer de son côté drôle et de son grand rire nègre qui était devenu presque contagieux. J'appréciai énormément sa compagnie. Il avait le don de me faire tordre de rire et me faire oublier le temps maussade de Paris.

Un jour, il m'invita à découvrir son territoire, le 42, rue Augustin Moreau, pour me faire goûter des spécialités bien de chez lui : le *ceebu jën*, le *mafé*, le *soupou kandja*, le *yassa*... etc.

Je découvris une cité particulièrement singulière : un immeuble pris en bail par leur ambassade via le centre de gestion pour y loger des étudiants ne trouvant pas de place dans les cités universitaires. Il est sis en plein cœur de Sevran-Beaudottes, à quelque 800 mètres de la gare. La singularité des lieux tenait à ce qu'il n'abritait pas seulement des étudiants sénégalais, mais aussi des travailleurs maghrébins, maliens et autres nationalités. Le 42, rue Augustin Moreau est une cité résidente de l'ADEF (Association pour le Développement des Foyers). Il avait des allures de ghetto, où étaient parqués des immigrés destinés à y vivre en marge de la société, des exclus en quelque sorte. Ma première impression était vraiment dubitative parce que me trouvant subitement dans un endroit où le tohu-bohu emplissait l'espace. L'immeuble ne donnait rien d'un endroit où la connaissance devait s'élever, et pourtant, des étudiants y résidaient en toute quiétude avec un bonheur inégalé. Pour la Parisienne que j'étais, vivant dans le XVIe arrondissement, le contraste était plus qu'impressionnant. Dès l'entrée de l'immeuble, on était frappé par le bruit assourdissant des musiques qui rivalisaient, celle arabe concurrençait les rythmes endiablés sénégalais et autres. Peut-être parce que ma première visite en ces lieux coïncidait avec le week-end, marquant le repos des guerriers qui voulaient se rappeler leur pays, vivre l'atmosphère au loin… Comme une touriste, je promenai mon regard partout, scrutai le décor qui me paraissait à la fois triste et gai de cette gaieté insouciante des gens qui ne peuvent pas faire autrement.

Yasser Arafat était heureux de m'accueillir chez lui, la chambre 104. Une petite pièce d'à peine 6 m^2 où il y avait un lit, une petite table de travail, un réfrigérateur, un poste téléviseur et une toute petite armoire pour ranger des habits et qui cachait un lavabo juste à l'entrée, à l'angle.

Son bonheur était immense et sa fierté incommensurable par le fait de me recevoir chez lui, dans son territoire, comme il disait. Il me présenta ses amis et compatriotes, tous étudiants comme lui. Ils se prénommaient Mbor l'organisateur, Guet le don Juan, Tamsir Katumba le juriste, Holzenbein l'insouciant, Pain-Beurre le chahuteur, Modiène l'intellectuel venu de Tunis, Pape le sage de Camberène, René Caillé, celui qui a découvert Paris pour l'avoir traversé de la Porte de Clignancourt à la Porte d'Orléans, Kandji l'esthète, Blain le sapeur, Maïer le marin, Adama le laveur de carreaux, Omar Léon le joyeux, Lamine le marxiste tapageur, Serigne le téméraire, Cheikh le rebelle, Mass le conciliateur, Ass Bernard Paringot le séducteur, Baka le narcissique, Fall Poulet ou « L'os de Mor Lam », Cheikh Maka l'homme qui était au courant de tout et qui rapportait tout, Ousmane le grand frère, Ouzin l'anarchiste, Baye le militant du parti, Macodou l'idéologue, Petit G, Goliath le « Moisan » de Beaudottes….

Ils étaient étudiants en droit, gestion, art cinématographique, relations internationales, sciences économiques, architecture, ponts et chaussées, et fréquentaient les universités de Nanterre, Assas, Jussieu, Dauphine, Écoles de commerce…

Ils formaient une bande de copains et partageaient tout, aussi bien les joies des nouvelles du pays que les misères de leur vie rythmée par la débrouille et l'angoisse des lendemains incertains, parce que rien ne suffisait, tout y était de peu.

La précarité de leur situation les obligeait à demeurer solidaires et à agrémenter leur vie pour donner à ce lieu une atmosphère unique, une ambiance de cour de récréation. Chacun s'empressait de rejoindre ce havre de paix, une fois sorti des classes comme si c'était le seul lieu où il ne se sentait pas étranger dans ce pays hostile où la chaleur humaine est absente. Parce que les illusions d'un pays édénique se sont envolées, ils se sont recroquevillés sur cet espace devenu leur « terre natale », bien que le partageant avec des ressortissants d'Afrique du Nord, d'Afrique de l'Ouest et quelques rares Français en quête d'insertion.

Cette bande de copains avait « colonisé » la ville de Beaudottes au point de faire partie du décor. On les voyait partout, aussi bien dans le stade municipal que dans les rues qui la jalonnent.

Avec eux, les rayons de soleil illuminaient cette terre triste où l'hiver n'était pas seulement de saison, il y était permanent dans les cœurs.

Je finis par m'accrocher à cette bande et y revins souvent, jusqu'à m'y installer, enfin presque. C'est ici que je vécus les belles années de ma vie, les sensations les plus extraordinaires, les histoires les plus drôles avec des personnages uniques qui méritent le récit-témoignage qui va suivre…

L'ARRIVÉE

42, rue Augustin Moreau, 93270 Sevran Beaudottes, impasse d'une rue devenue célèbre beaucoup plus au Sénégal qu'en France à une certaine époque, était l'adresse de toute une colonie estudiantine réunie par le hasard des rencontres et devant demeurer solidaires pour arpenter les difficiles conditions de leur existence.

Ils arrivaient par bandes de deux, trois, quatre, rejoignaient des parents ou de simples connaissances de quartier installés dans ce lieu grâce à la subvention de leur État.

Ils étaient là et venaient presque tous de la même ville. Certains se connaissaient avant, d'autres non, mais cela importait peu. Leur commun destin les obligeait à unir leurs faibles moyens. Dans ce lieu-ci, d'octobre à décembre, les arrivées se faisaient à un rythme quotidien. Les uns arrivaient par des taxis, les autres par la ligne B du RER parisien, tous depuis Roissy-Charles de Gaule. Les nouvelles du pays étaient rappelées, les souvenirs ressuscités, les ambitions renouvelées. Chaque arrivant amenait son lot de commissions à l'adresse d'un frère venu bien avant, et sa famille, par ce geste, témoignait toutes les attentions à son égard, tous les espoirs placés en lui. Après les salamalecs d'usage, les nouveaux arrivants étaient introduits dans les chambres devant les loger pour toute une scolarité, voire plus. Les déceptions se lisaient sur leur visage, car de loin, ils pensaient trouver un eldorado, un lieu de villégiature, un endroit paradisiaque ressemblant à cette France qu'ils avaient construite dans leur imaginaire. Pays des beaux paysages, pays développé où le confort installe de fait un épanouissement, pays de toutes les beautés…

Ce mirage de la France immortelle, pays des Lumières et de la Révolution de 1789, pays où l'esthétique est érigée en règle dans son acception la plus large, maintenait les nouveaux arrivants dans une certaine illusion. Bien que le cadre ne corresponde pas à l'idée qu'ils se faisaient de la France, qu'importe, l'essentiel pour eux était d'y être et de continuer à entretenir cette illusion installée dans l'esprit de ceux laissés au pays natal, parents, amis et copines qui les croyaient vivre dans le monde des merveilles.

C'était fou de voir comment la France avait fait rêver toute une génération des ex-colonies à l'imaginaire formaté par les images distillées par les écrans le temps d'un journal télévisé ou d'un documentaire, relayé par l'unique chaîne de télévision qui existait chez eux, celle nationale.

Les séances photo sur les Champs-Élysées, rendez-vous incontournable pour tout nouvel arrivant, servaient de clichés à envoyer aux parents et amis pour montrer le cadre de sa nouvelle vie. Ils entretenaient une image de titi où on les voyait en photo avec des manteaux trois quarts ou des impers même dans une chambre, comme si les toitures suintaient, oubliant que Paris est dallé de haut en bas et de bas en haut. Ici, les conditions d'existence importaient peu pour eux, le souci premier était l'image à envoyer à ceux restés au pays natal.

Aux rythmes des flux entrants sans aucun flux inverse, les chambres étaient vite surpeuplées, si bien que la population résidant à cette adresse était de quatre fois supérieure au nombre des attributaires des chambres. La promiscuité n'avait aucun sens dans ce lieu-ci, la solidarité était la seule règle. Tous pour un, un pour tous, voilà la devise du 42, rue Augustin Moreau.

La 104

Une chambre, la 104, lieu de rencontre de toute la bande. Elle n'avait presque pas de titulaire, tout le monde y habitait, tout le monde y séjournait.

Une chambre modestement aménagée avec un poste téléviseur en noir et blanc qui ne pouvait capter que les chaînes françaises, un réfrigérateur garni de poulets découpés en mille morceaux pour assurer le repas le plus longtemps possible. Aussi, d'autres victuailles n'emplissaient-elles pas cet appareil électroménager surtout dans la première décade du mois, quand les poches étaient encore pleines. Certains plaisirs s'offraient même à cette bande, telles les bouteilles de cidre doux qui accompagnaient le dîner. Ils les décapsulaient en s'imaginant avoir entre leurs mains des bouteilles de champagne.

À ce décor, venait s'ajouter une table de travail qui ne servait finalement que comme meuble de rangement parce qu'encombrée des livres et cahiers de tous les occupants de la chambre. Une liaison téléphonique référencée 868 66 40 permettait d'établir le contact avec l'extérieur. Cet accessoire était un luxe à l'époque et nous ne pensions pas qu'un jour il serait dans nos poches et qu'on se baladerait avec. Ici, Mbor y régnait en maître incontestable et distribuait les places, y invi-

-tait les errants d'un soir à venir partager le matelas suffisamment grand pour accueillir plus que les deux à trois titulaires autoproclamés. Le premier à s'y établir était René Caillé, qui avait fini par y jeter l'ancre après avoir fait le tour de Paris.

Tout s'y discutait, tout s'y élaborait autour du thé qu'on appelait les « trois normaux » sur fond de musique sénégalaise et en particulier Youssou Ndour avec son tube *Toucouleur Aly Racine*, devenu hymne national dans ce lieu. Ils le passaient et le repassaient en boucle avec une danse rythmée, les yeux rivés vers le lointain, leur Sénégal natal.

Cette chambre constituait en elle seule tout le symbole de la solidarité de ces infortunés.

René Caillé

Il devait son surnom à sa « découverte de Paris » en parcourant à pied le trajet de la Porte de Clignancourt jusqu'à la Porte d'Orléans par une nuit d'hiver. Il connaissait le Paris des boulevards et des avenues comme sa poche, ce qui lui octroyait le droit de servir de guide attitré aux nouveaux arrivants.

René Caillé, de son vrai nom Khalifa, était un des premiers arrivés de la bande. De petite taille avec une chevelure en mode « afro », il parcourait les rues de Paris à la recherche de sensations fortes, ce qui ne manqua pas de lui arriver un jour avec des Maliens rencontrés dans une bouche de métro, qui lui avaient fait passer un sale quart d'heure. Tout le monde s'inquiétait pour lui parce qu'il disparaissait et réapparaissait au gré de ses humeurs. Le 42, rue Augustin Moreau était son lieu de villégiature parce que n'y trouvait rien d'intéressant à part boire du thé à longueur de journée et dormir. Il avait des envies d'ailleurs à Paris. Pour lui cette « ville avait un goût mental » que les autres ne pouvaient sentir et encore moins goûter, parce que restant enfermés dans leur cité. Il avait des envies d'exubérance que ce lieu ne pouvait lui offrir et dès lors, il n'avait arrêté de chercher sa vie dans Paris. Homme disponible et courtois, affable et discret, René Caillé symbolisait cette généro-

-sité des gens de cœur. Il savait tout partager aussi bien ce qui lui appartenait que ce qu'on lui confiait.

Sa sensibilité à fleur de peau réapparaissait chaque fois qu'il se trouvait face à une situation où sa faiblesse était mise à nue. Il aurait aimé que tout le monde devînt Crésus et sortît de ce patelin. Son rêve le transportait parfois aux Champs-Elysées où il se voyait habiter un grand appartement et fumer des cigares Davidoff. Il savait aussi que pour cela il fallait qu'il sorte victorieux de cette bataille pour la vie en décrochant les parchemins requis. Étudiant en gestion, il détestait cette filière qui ne contribue en rien à l'élévation de l'esprit comme il aimait à le dire. Son violon d'Ingres était les lettres, ou à défaut les sciences juridiques, qu'il avait déjà entamées à Dakar.

De la gestion, il s'en éloigna, des sciences juridiques, il n'y retourna point.

PAIN-BEURRE

Ablaye, ce prénom était peu connu, voire inconnu. Par contre Pain-Beurre, tout le monde pouvait mettre un visage sur ce sobriquet qui avait voyagé avec son titulaire. Depuis sa tendre enfance, Ablaye était connu par cette appellation. Son goût prononcé pour le pain tartiné lui avait valu ce surnom, qu'il portait d'ailleurs toujours malgré l'âge.

Homme élancé, jovial et taquin, on ne s'ennuyait jamais avec lui. D'une inspiration débordante, il arrivait à dérider l'atmosphère avec des histoires cocasses dont lui seul avait le secret. Il imitait les *Lébous*, ces pêcheurs peuplant Dakar et sa région, comme nul autre et était à l'aise avec cette colonie fortement représentée dans ce lieu. Avec lui, tous finirent par greffer des expressions *lébous* dans leur langage. *Ka Maag* (grand frère) et *Pounkal Mi* (Le Maestro) étaient usités pour héler les uns et les autres, ou tout bonnement pour parler du menu du soir, les mets étaient nommés *thiappeu* ou *daank* pour désigner les plats à base de sauce et de pain, ou ceux à base de riz, généralement mangés avec la main dans la tradition sénégalaise.

Les périodes creuses du mois, quand toutes les poches étaient vides et qu'on n'avait plus rien à se mettre sous la dent, Pain-Beurre trouvait le subterfuge d'alimenter la bande. Il allait tous les matins au supermarché avec un blouson à grandes manches sur les bras pour y camoufler poulets, pain, beurre et condiments nécessaires à la préparation du mets. Il trouvait juste le moyen de passer à la caisse et régler le prix d'une baguette de pain pour ne pas attirer les soupçons sur lui. Ce manège dura tout le temps et permit à la bande de survivre aux difficiles conditions de leur existence. C'était sa manière à lui de faire payer à la France la détérioration des termes de l'échange qui asphyxiait son pays et qui faisait que la plupart des aliments étaient embarqués vers l'Europe sans contrepartie suffisante.

MAÏER ET LE HUIT CLOS

Grand gardien de but et pêcheur dans sa vie passée, Sepp Maïer rejoignit le 42, rue Augustin Moreau par un matin d'hiver. Il grelottait de tout son corps et s'imaginait mal rester dans ce pays si tel était le climat, lui pourtant l'habitué des séjours en haute mer.

Des jours, voire des semaines durant, il était resté cloîtré dans la chambre qui l'avait accueilli. À Beaudottes, il avait retrouvé Blain, Holzenbein et quelques autres amis de son Mérina natal, et l'ambiance chaleureuse de leur contrée. N'eussent été ceux-là, il se serait rapatrié à ses propres frais. Il se demandait souvent comment ces gens-là pouvaient vivre dans un pays pareil, où l'une des choses les plus rares était les rayons du soleil. Les rares fois où il était sorti avec ses « tuteurs », il allait au supermarché de la ville, distant d'environ un kilomètre, où les gens allaient à pied dans cet hiver rugueux. Il rentrait renfrogné parce que le froid ne l'avait pas ménagé, malgré qu'il s'enveloppait de tous les habits à sa portée. La relative indifférence des gens qu'il rencontrait le convainquit que ce pays-là n'était pas pour des gens comme lui, habitués à la chaleur humaine et au climat des tropiques.

Après quelques mois d'hibernation, à l'été, il décida de sortir de son « trou » et de se familiariser avec son pays d'accueil. C'était à l'occasion d'un tournoi de football où il étala ses qualités physiques qui suscitèrent l'admiration du public. Une vieille dame assise au loin était happée par les aptitudes athlétiques de Maïer. Elle applaudissait à chaque arrêt de ce dernier qui, conscient du spectacle qu'il lui offrait, multiplia ses prouesses.

À la fin de la rencontre, la dame s'approcha tout naturellement de Maïer pour lui adresser ses vives félicitations en termes plus qu'éloquents. Celui-ci ne comprit nullement la subtilité des compliments formulés par la dame et se recroquevilla dans la timidité du nouvel arrivant. Je lui expliquai alors le sens réel des mots prononcés par la dame qui, dans son langage, avait usé du terme « étalon ».

Maïer finit par tomber dans les bras de Monique, la soixantaine bien sonnée, mais qui gardait de beaux restes. Depuis ce jour, ils vivaient le parfait amour et on les voyait souvent bras dessus, bras dessous. Pour récompenser son homme de ses performances, elle offrit à Maïer un poste téléviseur tout neuf. Déjà, à l'entame de leur relation, elle m'avait confié dans le creux de l'oreille : « Imagine ma chère, il m'a dit qu'il est puceau, ce gaillard-là. Ah ! quelle fête ! … »

Monique avait retrouvé une nouvelle jeunesse et osait même s'habiller « fun » avec des pantalons moulants pour mieux séduire son « étalon ». Elle ne tarissait pas d'éloges sur son mec et était très attentionnée à son endroit. Elle avait presque jeté l'ancre elle aussi au 42, rue Augustin Moreau, jusqu'à ce jour fatidique…

Revenant de chez elle un beau matin et pressée de retrouver son Maïer, grande fut sa déception quand elle ouvrit la chambre. Elle trouva son homme dans les bras d'une belle et jeune blonde. Scotchée devant la porte, elle bafouilla des mots incompréhensibles avant de crier à l'adresse de Maïer : « tu es un traître, un lâche, un sauvage ! »

Les cris étaient tellement forts que tous les occupants du couloir étaient sortis de leur chambre pour assister à la scène. Elle était devenue hystérique et finalement Maïer sortit de la chambre pour la calmer. Rien n'y fit, elle ne voulut rien comprendre. Elle alla directement dans la chambre et dans un excès de colère, arracha le fil du poste téléviseur. Maïer, perturbé, demanda l'aide de ses amis Blain, Mbor, Holzenbein, Katumba, Guet et René Caillé.

Maïer, dans un calme retrouvé, tira Monique par le bras et l'introduisit au 104 où les attendaient ses six amis. « Ainsi nous pourrons discuter à huis clos, parce que nous sommes huit et souvent dans ces cas, on trouve des solutions. Quand un problème devient grave, le huis clos s'impose », dit-il.

Il n'avait jamais compris que « huis clos » est une réunion tenue en secret, sans public, toutes portes fermées et non une réunion à huit. Qu'importe pour lui, en tout cas, c'était tout comme.

Katumba

Katumba, c'était Tamsir. Un courtaud à la corpulence ferme avec un ventre bedonnant et des yeux bridés. Malgré son apparence, il était un homme gentil et affable, courtois et disponible. L'un des premiers à habiter la cité, il avait donc accueilli la plupart d'entre eux. C'était lui qui intégra Petit G., l'occupant officiel de la 104 dans le groupe lors de son arrivée à Sevran. À l'époque, ils étaient seulement six étudiants à occuper les lieux.

Mon premier contact avec lui est resté un souvenir encore vivace dans mon esprit. Le sourire de l'homme m'accueillant dans cette cuisine, commune à tous les résidents du même palier, est encore présent dans ma mémoire. Par cette attitude, on sentait toute sa générosité. Ce jour-là, il préparait du *mafé*, sa spécialité. Il faut dire qu'ici, chacun avait la sienne : Mbor était le cordon bleu du *ceebu jen*, Pain-Beurre celui du *yassa*, Omar Léon celui du *soupou kandja*, Ibou Blain le spécialiste des omelettes...

Ce jour-là, Katumba avait invité une de ses camarades de fac Sophie, une belle liane blonde avec des yeux verts. Très tôt, il s'était installé dans la cuisine et ne voulait être dérangé aucunement. Il sollicita mes services pour que tout soit nickel. Il voulait vraiment que la première impression de Sophie soit à la hauteur de son image. Je m'empressais alors de lui poser des questions pour savoir pourquoi il se donnait tant de peine à astiquer les lieux, à mettre tant d'attention dans son *mafé*. Il me répondit alors que Sophie était la première fille française sur qui il avait flashé et la première à accepter son invitation. Il se précipita pour me dire que rien ne s'était encore passé entre eux, elle était juste une camarade de fac. Je compris ensuite pourquoi il tenait tant à ce que je sois la seule à être dans la cuisine avec lui. Il me posa mille questions sur la femme française, à savoir est-ce vrai que lorsque nous acceptons une invitation d'un homme, c'est parce que nous sommes prêtes à franchir le rubicond, à aller plus loin avec lui ? À ces questions, je lui répondis simplement que cela dépend de l'animation mise dans la relation et que nous autres Françaises sommes attirées plus par les traits d'humour de l'esprit que par les considérations physiques et qu'en tout état de cause, si elle a accepté de répondre à l'invitation, c'est parce qu'il lui était sympathique. Je vis un grand sourire éclairer son visage et ses yeux se plisser davantage encore.

Le *mafé* était fumant et son arôme embaumait tout le couloir parce qu'il l'avait laissé mijoter à petit feu.

Pour l'occasion, il s'était endimanché pour paraître sous son meilleur profil et faire de l'effet à Sophie, qui ne tarda pas d'ailleurs à arriver en taxi. Il descendit en trombe les escaliers pour l'accueillir. De la cuisine surplombant l'entrée de l'immeuble, je le voyais refaire son costume comme pour cueillir une autorité faisant escale dans une république bananière. Des accolades, il n'y en avait pas eu, malgré l'espoir visible de Katumba qui, en une fraction de seconde, avait semblé mimer ce geste de familiarité. Une chaude poignée de main ponctuée d'un large sourire de part et d'autre parachevait leurs retrouvailles.

Sophie était bellement habillée avec un ensemble tailleur bleu marine et de longs cheveux blonds tombant tous en arrière donnant à sa démarche une allure de princesse de contes de fées, telle Aurore dans *la Belle au Bois dormant*. Tous sortirent pour admirer cette beauté venue d'on ne savait où et qui illuminait les lieux. Katumba étalait toute sa fierté en procédant aux présentations d'usage. Il l'invita ensuite à s'installer dans la 104, lieu de retrouvailles de la bande. On voyait l'excitation le gagner avec des va-et-vient interminables entre la cuisine et la chambre, pour rester toujours dans le fil de la conversation et ne point laisser les autres meubler à sa place. Il expliqua à Sophie le mets qu'il avait préparé spécialement pour elle et on sentait dans ses développements toute la générosité qu'il y avait mise. Il détaillait même jusqu'aux légumes trempés pour donner une certaine épaisseur à la sauce.

« En tout cas, c'est fumant et la saveur se délecte dans tous les alentours de la cité, lâcha Sophie.

— J'espère que vous l'apprécierez davantage encore quand vous l'aurez goûtée, répondit Katumba.

— C'est un orfèvre en la matière. Il est plus qu'un cordon bleu. Son *mafé* est unique dans Paris et sa région », lança Pain-Beurre le chahuteur.

Des rires envahirent la chambre. Tous se mirent à louer les qualités d'homme de Katumba, sa générosité, sa disponibilité et sa gentillesse légendaire, comme s'ils voulaient augmenter ses points auprès de Sophie, forcer le destin.

« Le repas est servi, messieurs-dames », lança Katumba ouvrant la porte de la chambre.

Ils s'installèrent tous dans la cuisine, entourant un grand bol dans lequel le repas était servi. Pour Sophie, c'était certainement la première fois qu'on lui présentait un repas de cette manière. Tout de suite pour la mettre à l'aise, Katumba lui lança :

« Aujourd'hui, on fait comme au pays, ces mets-là se mangent dans un grand bol.

— Je vois bien, répondit Sophie. C'est aussi une marque de solidarité signifiant que peu ou prou, on se partage tout selon le cas.

— Voilà ce qui est bien dit, lança quelqu'un. De toute façon, nous, on s'assied toujours autour du bol sans jamais se poser la question du pourquoi. Au moins aujourd'hui, on sait pourquoi. Merci mademoiselle Princesse.

— Honte à vous qu'une non-Africaine vous explique le sens de nos traditions. Merci mademoiselle, de leur servir cette belle leçon du sens de notre vie en communauté », rétorqua Mbor.

Ils s'assirent tous autour du bol et se souhaitèrent bon appétit. Sophie mangea goulûment et appréciait vraiment cette sauce à base de « dakatine » assez relevée qui piquait la gorge. Je croyais que Sophie, Française comme moi, ne supporterait pas les mets épicés. La sueur dégoulinait sur son front tellement le piment du *mafé* était fort.

J'étais interloquée par cette manière toute particulière qu'avait Sophie d'ingurgiter cette sauce assez relevée. Je la regardais, stupéfaite. Plus elle mangeait, plus son sang envahissait ses veines, transformant ainsi sa blancheur nacrée pour laisser apparaître ce rouge qui change notre couleur de peau dans certaines circonstances.

Katumba manifestait toute sa joie au travers de ce large sourire qu'il exprimait souvent pour dévoiler son contentement. Il était heureux de voir Sophie apprécier si délicieusement ce plat qu'il avait mijoté avec toute son attention, voire toute son affection.

On rajouta de la sauce parce que plus on avançait dans la conquête des morceaux de viande et autres condiments, plus le plat devenait appétissant et Sophie ne se priva point.

L'ambiance festive des lieux fut vite perturbée par l'apparition d'un homme à l'allure mystérieuse, emmitouflé dans un boubou noir, élancé et chétif avec une chevelure en forme d'ombrage. Il entra dans la cuisine sur la pointe des pieds comme s'il était venu dérober quelque chose. Tout le monde s'arrêta et les regards se tournèrent vers lui. L'homme mystérieux, d'un regard froid, semblait inspecter les lieux comme si on avait violé son intimité. J'étais scotchée à son regard tellement il m'intimidait et, qui plus est, une peur réelle s'était emparée de moi. Il ressortit calmement, fermant la porte derrière lui. Et c'est à ce moment que j'entendis quelqu'un apostropher Pain-Beurre sur cet individu qui, apparemment, n'était pas des leurs.

« Lui, c'est Firawna, expliqua Pain-Beurre, il est ici depuis quelque temps. Nous ne connaissons rien de lui, il ne parle à personne, il est souvent seul et n'entre dans la cuisine que lorsqu'il est sûr de n'y rencontrer personne. Au début, il habitait la chambre 107, mais depuis que le monsieur qui l'hébergeait est parti, il squatte le local technique.

— Ah ! C'est donc lui le gars qui avait glissé la clef de la chambre sous sa porte après l'avoir fermée, alors que c'était lui le dernier occupant. Et ceci tout simplement parce que son cohabitant lui avait demandé de la lui laisser ici s'il lui arrivait de sortir ? demanda quelqu'un.

— Voilà ! C'est bien lui, précisa Pain-Beurre. C'est depuis ce moment que nous avons tous compris que ce gars est vraiment spécial, un déréglé en quelque sorte.

— Ne vous avancez pas trop les gars, avertit Katumba. Il est venu me voir ce matin quand j'étais seul dans la cuisine et nous avons discuté longuement. Cet homme est vraiment mystérieux. D'ailleurs, il souhaiterait tous nous rencontrer ce soir, il a une communication importante à nous délivrer me disait-il.

— Rencontrer qui ? demanda Lamine l'anarchiste. Voilà encore quelqu'un qui va venir nous servir des histoires à dormir debout, du genre qu'il a rencontré Dieu, tralala, tralala...

— Toi de toute façon, tu ne crois en rien, ni en Dieu ni en ses envoyés, lui lança Katumba.

— Chacun est libre de croire, tout comme chacun est libre de ne pas croire. Mon athéisme est un libre choix et je l'assume pleinement. Je te supplie de ne pas m'associer à ta réunion de ce soir.

— Soit », répondit définitivement Katumba.

Le thé servi après le repas était aussi une nouvelle surprise pour Sophie qui goûtait pour la première fois ce breuvage de thé vert qu'on laisse bouillir dans de l'eau pour en ressortir son acidité. Chez un novice, il peut installer l'insomnie quand il est servi en début de soirée. Sophie but les trois services qui confèrent à ce breuvage l'appellation des « trois normaux » et appréciait le goût tantôt amer, tantôt arômatisé qui le caractérisait. Elle ne tarissait pas d'éloges et semblait émerveillée de toutes ses découvertes. Subitement, un malaise sembla l'habiter, son visage fut comme transformé par une sorte de douleur qu'elle cherchait à dissimuler. Son trouble était pourtant perceptible et je compris tout de suite que la sauce était en train de bouleverser son circuit intestinal. Elle se leva et s'orienta vers les toilettes. Un grand silence s'abattit sur les lieux et chacun se posait la question de savoir ce qui avait bien pu l'affecter à ce point. Une certaine inquiétude se lisait sur les visages.

On comprendra plus tard que le « rhume des fesses » avait miné l'atmosphère ce jour-là.

WALDIR PERES

Il est né Damé, mais ce prénom était le moins connu. Tous le désignèrent par Firawna, sobriquet qui lui était collé par Pain-Beurre du fait de son port vestimentaire, toujours habillé en noir et passant comme un coup de vent, un fantôme…

Il devint par la suite Waldir Peres parce qu'officiant comme gardien de but lors de nos entraînements, en souvenir de ce gardien de but brésilien de l'équipe du Mondial 1982, connu pour la qualité de ses prestations.

De Damé, nous ne savions rien, sauf qu'il avait débarqué un jour à Beaudottes en provenance de la Côte d'Ivoire où, paraît-il, il fut un concessionnaire automobile de renom. Les mirages de Paris lui firent laisser son lucratif travail pour venir tenter l'aventure dans ce qui lui paraissait être l'Eldorado. Il n'avait transporté avec lui qu'un seul manteau noir et cet accent si particulier qui signe le parler du côté de la lagune Ébrié. Cet accent conférait à son personnage un côté exotique. Mince et élancé, cheveux ébouriffés, toujours tout de noir vêtu, sur ce teint si noir qui le caractérisait, tout cela lui avait valu le surnom de Firawna. Il était venu rejoindre un ami étudiant, un certain Diallo qui, entre-temps, avait changé de ville, le laissant seul entre les murs de Beaudottes. Solitaire et effacé, il n'entretenait aucun commerce avec les habitants de l'immeuble. On le voyait souvent raser les murs du quartier, sa grande silhouette surplombée de cette tignasse aux allures de feuillage, déambuler au loin, se confondant avec le crépuscule…

Katumba était son seul contact dans le groupe parce que depuis quelque temps, il l'invitait à partager son repas avec lui, depuis qu'il avait constaté que ce monsieur ne sortait pas de l'immeuble et plus est, ne le voyait pas manger dans la cuisine. Il en avait déduit que Damé traversait ses journées sans rien se mettre sous la dent. Cette sollicitude de Katumba forgea une certaine amitié entre eux.

Ce soir-là, après le départ de Sophie « évacuée » par taxi à Paris tellement des maux l'assaillaient, Katumba, bien que triste par la tournure des évènements, lui qui espérait entamer une relation intime avec son invitée, trouva une autre occupation pour remplir son agenda. Il convoqua toute la bande dans sa chambre, conformément au vœu exprimé par Damé. Il m'invita à prendre place sur le lit, moi la seule femme du milieu, pour que je sois plus à l'aise, à côté de lui et de son illustre hôte. Aux autres, il leur demanda de se mettre par terre, sur le tapis déroulé à cet effet. Il commença par une brève introduction avec la présentation de Damé, de leur relation toute naissante et de la volonté de ce dernier de nous parler. Pendant que Katumba nous expliquait le pourquoi de la rencontre, Damé, tête baissée, était dans une profonde concentration. On aurait dit un gourou avec son habillement tout noir et ses cheveux dans un désordre parfait. Il donnait l'image de quelqu'un revenant du passé, d'un passé lointain où les grottes servaient de demeures. Après une profonde inspiration, il s'adressa à l'assistance :

« Mes chers camarades, Dieu comprend l'arabe, Dieu comprend le français, Dieu comprend le wolof, Dieu comprend toutes les langues si bien que nous pouvons LE prier dans la langue de notre choix. Mes chers camarades, je veux dire amis, sachez que Dieu est Amour, Dieu est Clémence, Dieu est Générosité, Dieu est Grâce, Dieu est Force. Quiconque qui ne se prévaut pas de ces certitudes-là, est dans l'erreur. »

Un grand silence s'installa dans les lieux. Les uns et les autres se regardaient. Certains voulaient même pouffer de rire, mais le regard menaçant de Katumba les obligea à rester discrets. Et Waldir Peres, comme s'il lisait le scepticisme des gens, annonça :

« Pour vous convaincre que je suis Dieu, je vous donne rendez-vous demain. Vous allez voir ce que vous n'avez jamais vu. »

Au scepticisme s'installa la curiosité, cette envie pressante de découvrir le mystère de Waldir Peres. Chacun y allait avec son commentaire, les uns incrédules, les autres, plus enclins à croire que cet homme renfermait une part de divin.

Demain était déjà lointain pour tout ce monde.

KATUMBA « L'ANDROPHAGE »

Katumba affichait ce soir-là une mine vraiment triste. Il n'était plus cet homme jovial qui transportait son embonpoint avec une parfaite insouciance. Il affichait la tristesse des candides qui, pour peu, impriment toute la misère du monde sur leur visage.

Nous étions tous inquiets de voir Katumba afficher une telle mine, et tous allions dans sa chambre pour s'enquérir de son état. Mbor lui lança :

« Hey ! *Pounkal Mi* (le maestro), qu'est qu'il y a ?

— *Ka ndaw* (petit frère), rien de grave…

— Mais si ! À voir ta tête, on dirait qu'un malheur s'est abattu sur toi. Généralement, tu reviens de la fac en grande forme. C'est quoi, Sophie ne t'a pas fait des appels de pied ?

— C'est exactement d'elle qu'il s'agit.

— Elle ? Pourquoi ? C'est ton amie, non ?

— Elle ne l'est plus. Je n'ai jamais été aussi humilié qu'aujourd'hui. Voyez-vous, je suis allé à sa rencontre, pensant naïvement que nous sommes devenus des amis après ce déjeuner copieux que nous avons partagé ici ce week-end. J'ai voulu lui faire la bise comme c'est d'usage dans ce pays quand on devient amis, et là figurez-vous...

— Et là ? Continue, s'empressa Pain-Beurre.

— Et là, elle m'a évité comme un malpropre, comme quelqu'un qui porte une maladie contagieuse. J'ai eu vraiment honte aujourd'hui.

— C'est le *mafé* ! s'exclama Pain-Beurre. C'est le phénomène Tchernobyl mon cher. Le *mafé* a certainement produit un effet dévastateur avec un dérèglement total des voies digestives entraînant des secousses sismiques et des coulées de larves. C'est la conséquence du piment pili-pili qui augmente la température ambiante chez les sujets comme Sophie, jusque-là habituée au gratin de fromage, à la sauce béchamel, au cassoulet… Et même, va savoir si elle ne t'assimile pas à un cannibale, ces sauvages venus d'Afrique. »

Tous se mirent à rire et Katumba retrouva un brin de sourire.

« C'est certainement cela parce qu'elle m'épiait de loin avec une peur certaine », lança-t-il à son tour.

Ah ! On comprit alors que le « rhume des fesses » avait tout fait sauter ce jour-là.

Le rire envahit les lieux.

Tout à coup, René Caillé entra dans la chambre avec un air inquiet et pria tout ce monde de venir voir la scène insolite qu'il avait devant ses yeux. Toute la bande sortit et que voyait-on ? Waldir Peres avec un chariot plein de victuailles, d'appareils électroménagers, d'habits… En somme, tout le nécessaire dont une maison avait besoin. Et naturellement, la question que l'on se posait était de savoir comment ce monsieur pauvre comme un rat d'église avait pu se procurer toutes ces choses. Fièrement et avec ce sourire étrange qui le caractérisait, il nous répéta sa phrase : « Je vous ai déjà dit que c'est moi Dieu. Dites ce dont vous avez besoin et je vous le fournirai ».

« Mais où est-ce que tu as pris toutes ces affaires-là ? demanda René Caillé.

— Où est-ce qu'on les prend selon toi ?

— Au supermarché bien sûr, je vois les étiquettes sur les articles. C'est dire que vous n'êtes pas passé par la caisse.

— Si pourtant, mon cher. Mais vois-tu, personne ne pouvait me voir. Je suis invisible quand je le veux.

— Oh ! Arrête de nous baratiner. Tu es passé sans payer, cela est un fait. Mais de là à nous faire croire que tu es invisible…

— Si tu ne crois pas, attends de voir encore. »

L'assistance était médusée. Tout le monde scruta le chariot de Waldir Peres. Il y avait un four micro-ondes, un fer à repasser, de la nourriture, des pyjamas, des chemises…

Ce soir-là, il invita tout le monde à manger. À l'occasion, il retrouva une certaine fierté, lui qui était régulièrement invité à partager le repas des autres résidents. Même le thé, ce rituel dans le milieu était offert par Waldir Peres. Il affichait un sourire niais, celui des satisfaits, et devint plus bavard que d'habitude.

Il s'intégra ainsi à la bande, se lia d'amitié avec Pain-Beurre, lui confiant ses intimes confidences…

Un jour de l'été 1983 restera ancré dans les mémoires par un fait cocasse. Comme tous les soirs après le repas unique de la journée, la bande se retrouvait à la chambre 104 pour la séance de thé qui durait toute la nuit jusqu'au petit matin. Forcément, la familiarité s'invitait même pour un nouvel arrivant comme Waldir Peres et, voyant l'ambiance bon enfant qui y régnait, finit par formuler une requête qui lui tenait vraiment à cœur. En pleine discussion, il arrêta toute l'assistance et avec tout le sérieux du monde exprima un besoin tout naturel, mais cocasse en la circonstance.

« Mes chers amis, je sais que ce que je vais vous dire est renversant, mais je n'ai que vous. Voyez-vous, depuis très longtemps je n'ai pas eu de rapports intimes avec une femme et de plus en plus, cela devient un besoin pressant. »

À peine finit-il de dire ces mots, que Pain-Beurre se dressa debout du haut de sa taille et tel un dompteur :

« Ah ! Gueye Ndioro, tu sauras aujourd'hui que tu as des amis, des parents. Nous compatissons à ta situation, douloureuse il faut bien le dire. Dès demain, nous irons à la gare Saint-Lazare ou à la rue Saint-Denis, tu choisiras celle que tu voudras et nous paierons la passe. »

Une grande hilarité envahit la chambre et Waldir Peres lui-même finit par se tordre de rire jusqu'aux larmes, réalisant ainsi ô combien sa demande était incongrue. Mais qu'importe, c'était entre eux…

Damé Waldir Peres et « sa promise »

Une semaine plus tard, et par le hasard des choses, deux amies, Ylda une jeune Péruvienne et Jacky, une Guadeloupéenne, vinrent à Beaudottes comme elles le faisaient souvent. Elles avaient averti la veille de leur visite et que certainement elles allaient y passer le week-end. L'occasion fut belle pour Omar Léon. En effet, il arriva à faire croire à Waldir Peres qu'Ylda était folle amoureuse de lui et qu'elle lui en avait parlé sur un ton mitigé, ce qu'il avait du mal à croire. Mais à force d'insistance, il avait fini par y adhérer. Et, l'entendant dernièrement parler de ses souffrances intimes, il se disait que c'était bien le moment de le lui révéler. Il en parla à Waldir Peres avec tellement de conviction que celui-ci fut conquis, quoique dubitatif au début.

Très tôt ce jour-là, Damé avait commencé à faire sa toilette. Tout juste avait-il un problème d'habillement parce que sa tenue légendaire n'était pas présentable. René Caillé lui fila un pantalon, ce qui, en soi, n'arrangeait rien, parce que leur différence de taille faisait que le pantalon était presque un pantacourt pour lui. Qu'importe, il n'avait pas le choix bien qu'il eût essayé de l'ajuster de mille manières. On lui chercha une chemise qui pouvait aller avec son accoutrement pour paraître moins comme un artiste de cirque.

Il était jovial, la tignasse bien peignée en arrière et affichant le sourire des gens heureux des perspectives que leur offre la vie à court terme.

Le moment tant attendu arriva. Ylda et Jacky arrivèrent et Omar Léon les introduit dans la chambre 110, empruntée pour la circonstance. Ils restèrent seuls quelques instants. Omar sortit et vint nous trouver dans la chambre 104 où Waldir Peres attendait impatiemment son signal… Ils sortirent ensemble pour rejoindre Ylda et Jacky.

Grande fut notre stupéfaction quand nous entendîmes quelques minutes après des cris et des vociférations venant de la 110, chambre faisant face à la 104. Nous sortîmes tous dans le couloir et vîmes un Waldir Peres désabusé, le regard hagard avec sa longue chemise et son pantacourt, grommeler des mots incompréhensibles. Nous ne comprenions rien. À nos questions, il nous répondit seulement : « Omar est un menteur ! » avec cet accent si particulier de sa Côte d'Ivoire, amplifié par sa voix rauque et sourde…

Omar Léon, dans un fou rire, sortit de la chambre et nous expliqua tout ce qui s'était passé. Il nous avoua qu'il avait fait croire à Waldir Peres qu'Ylda l'aimait à la folie et était venue uniquement pour lui. Et celui-ci, comme un forcené, était entré dans la chambre et sans rien dire, s'était mis à faire des attouchements à la fille qui, prise de peur, avait dans un premier temps changé de place et était venue s'asseoir à côté de lui sur le lit.

Damé, ne comprenant pas l'attitude d'Ylda, pensa que c'est par pudeur qu'elle avait agi. Et là, il lui dit qu'il avait reçu sa commission et était tout flatté de l'intérêt qu'elle avait pour sa modeste personne. Ylda ne comprenait rien aux charabias de Waldir Peres et sourit pour marquer son étonnement. Certainement notre ami avait confondu ce sourire à une adhésion et s'approcha d'elle pour l'embrasser… Ylda, devenue hystérique, lui envoya une gifle qui avait fait remuer les murs de la chambre 110, avec des cris et vociférations, telle une personne habitée par le démon.

Devant nos rires sarcastiques, Damé Waldir Peres nous regarda avec un air de mépris et nous lança : « Vous êtes tous des menteurs… »

L'instant d'après, il avait retrouvé le sourire, riant de lui-même, de sa naïveté que certainement sa longue solitude avait alimentée…

Ici, les coups tordus finissaient toujours en franche rigolade parce que rien n'était méchant…

ADJUDANT NGAGNE

Terr, Terr, Terr…

Terr, Terr, Terr…

Les coups de fouet de l'Adjudant Ngagne, du célèbre Sanokho, l'un des plus grands humoristes sénégalais de l'époque, retentissaient dans les mémoires de cette génération peuplant Beaudottes. Adjudant Ngagne est resté dans l'imaginaire des gens de par son interrogatoire aux caïds qui écumaient la ville. Il symbolisait tous les hommes de tenue et toutes les femmes unies à ces hommes-là.

Notre Adjudant Ngagne à nous était une fille à la beauté angélique, étudiante en assistanat de direction. Des traits fins dans un corps menu, le sourire toujours aux lèvres qui laissait entrevoir des dents harmonieusement rangées, caractérisaient une nature toute gentille. Pour l'Européenne que je suis, cette nature rencontrait toute ma sympathie et je ne compris pas pourquoi l'appellation « Adjudant Ngagne » lui était collée, elle, féminine jusqu'au bout des ongles, svelte et racée, tout le contraire d'une personne en uniforme, telle qu'on les connaissait.

Elle m'intriguait par ce sourire permanent qu'elle affichait quand les autres lui envoyaient des piques. Plus tard, je finis par comprendre « l'hostilité » de ses compatriotes à son endroit : elle n'aimait que les hommes en tenue alors qu'eux n'en arboraient pas…

Elle me raconta un jour tous les pièges qu'elle avait déjoués dans cette « caserne », où elle était restée longtemps comme l'unique fille vivant au milieu de ces hommes en manque d'amour, tenaillés par le froid glacial des hivers, les illusions perdues des printemps et les rêves d'évasion des vacances estivales.

Finalement, las d'avoir tout essayé, et en vain, ils la baptisèrent Adjudant Ngagne, parce que son père était commissaire de police ; ce qui, certainement, avait formaté son imaginaire et la poussait éperdument vers les hommes en tenue.

Malgré son refus obstiné de « s'acoquiner » avec ces mâles esseulés, ils l'adoptèrent comme une petite sœur couverte de toute leur affection et protection. Et pour la railler, ils rappelaient souvent ses premiers jours en France, dans les bouches de métro, quand, ne sachant pas qu'après avoir oblitéré son ticket la voie se libérait pour permettre le passage vers le quai, elle passait en dessous de la barre… Comme à son habitude, elle riait à gorge déployée à l'évocation de ces souvenirs.

Elle demeurait le rayon de soleil qui réchauffait ces lieux et une attention toute particulière était portée sur elle. L'on s'inquiétait quand il lui arrivait de rentrer tard et l'on guettait impatiemment son appel pour aller la chercher à la gare de peur que des voyous et autres énergumènes ne l'interceptassent en route. Elle était cette petite sœur qui rappelait à chacun la sienne propre. *Pedu sama way dia* (Pedu mon ami), chanté par Omar Pène, revenait souvent dans les refrains de ces gens-là quand ils voulaient parler de son ami devenu son mari.

Une amitié attendrissante nous lia parce qu'elle était surtout la protégée de Yasser Arafat qui lui avait laissé sa chambre. En raison de ce geste hautement humain, elle m'accueillit en amie et nous devînmes des complices, jasant sur tout et surtout sur les hommes…

De temps en temps et, souventes fois, son amie et complice Anna, avec qui elle s'était liée depuis le lycée, venait la sortir de sa solitude, partager avec elle les confidences secrètes de femmes ou revisiter ensemble leur époque d'insouciance de lycéennes. Anna était si familière à Beaudottes qu'on la confondait avec les résidents. Son image restera toujours gravée en moi avec son manteau rouge et son pantalon de cavalier prolongé de bottes qu'elle portait en toute saison et dont Yasser me disait qu'elle avait dû les acheter au marché aux puces de Clignancourt, ce quartier devenu célèbre dans notre imaginaire grâce à René Caillé qui avait « ouvert sa porte » en pleine nuit !!!

Pa Ndiaye

Il avait toujours rêvé d'un DEA et voulait décrocher ce parchemin avant que sa vie ne s'éteigne sur cette terre. À plus de cinquante ans, il avait entrepris ses études de troisième cycle à l'université Paris X Nanterre.

Nous l'appelions affectueusement Pa Ndiaye en raison de son âge jugé très avancé à l'époque, comparativement à la moyenne se situant autour de 20, 22 ans.

Cet écart l'obligeait à s'isoler dans sa chambre si bien qu'il ne participait à aucune activité communautaire. Il traversait le couloir fugacement, avec une mine toujours austère, à l'image d'un patriarche. Une distance de fait s'était établie entre lui et les autres. L'âge l'avait installé dans un certain ascétisme, ou peut-être était-ce un penchant naturel chez lui. Il avait toujours son chapelet avec lui et psalmodiait des versets quand il venait dans cette cuisine commune que partageaient tous les résidents du couloir. C'est dire qu'il préparait lui-même ses repas et se retirait rapidement dans sa chambre.

Le bruit assourdissant des décibels du week-end le tympanisait et il sortait souvent taper à la porte de la 104 pour demander qu'on diminue le volume sonore.

Rien n'arrêtait ces jeunes dopés par on ne sait quelle adrénaline parce que l'instant d'après, ils reprenaient de plus belle, chantant et dansant au rythme des sonorités de leur lointain Sénégal. Il faut dire qu'ils n'avaient que ces instants pour évacuer le spleen de leur vie parisienne et cela, ce n'est certainement pas un vieux au crépuscule de sa vie qui allait venir déstabiliser leur harmonie, leur concorde bâtie sur leur commune condition de jeunes étudiants immigrés esseulés à l'heure où partout ailleurs, le temps libre offre des moments privilégiés de communion…

Des minutes passèrent et Pa Ndiaye à nouveau, tapa à la porte de la 104. Quand il ouvrit la porte, nous fûmes tous surpris de le voir avec des habits défaits, presque déchirés, le souffle haletant, la bave à la bouche… Il était tétanisé et arrivait à peine à sortir ses mots. Tous se turent, le son de la sono réduite à néant. Après quelques instants, il vociféra ces mots :

« C'est vraiment un bordel ce lieu. Figurez-vous que je viens d'être agressé dans ma chambre. Une personne est venue taper à ma porte avec une insistance telle que je croyais que quelque chose de grave s'était produit dans la résidence. Je me suis précipitamment levé et ouvert la porte pour m'enquérir de la situation. Je sentis une force surhumaine me repousser à l'intérieur de la chambre et refermer la porte. Une femme dont je ne sais d'où elle sort, robuste, d'une force de la nature avec des épaules larges, m'a happé et m'a projeté sur le lit. Le temps de me retourner, elle s'était complètement déshabillée, pour m'exposer un corps "xessalisé" avec des taches noires dégageant une puanteur qui repousserait n'importe quel homme. Elle s'est agrippée à moi comme une bête affamée, me tripotant tout le corps et cherchant même à me déshabiller.

Que me voulez-vous, lui demandais-je ? Elle me répond qu'elle travaille et qu'elle a été payée pour venir coucher avec moi. Je lui ai dit qu'il s'agit certainement d'une erreur. Non, me répondit-elle, il n'y a pas de méprise sur l'homme, car les indications que j'ai reçues m'ont orientée vers vous. D'ailleurs, on m'aurait fait comprendre que vous m'attendiez impatiemment, pressé de passer à l'acte. »

Il se mura dans un long silence, debout sur le seuil de la 104, hochant la tête pour signifier sa désapprobation sur les évènements qui venaient de se dérouler.

Malgré leur caractère tonitruant et chahuteur, les gars semblaient être solidaires à Pa Ndiaye, feignant même d'aller à la recherche de la dévergondée qui a osé souiller le domaine si privé de ce vieil étudiant.

Des jours passèrent et l'on découvrit que le coup avait été commandité par Pape le Sage et Nadine, ce couple si particulier qui occupait la chambre voisine à celle de Pa Ndiaye. Un différend consécutif à leur manière tout épicurienne de mener leur vie avait nourri ce désir de vengeance.

NADINE L'ICONOCLASTE

Héritière du mouvement libertaire de 68, Nadine était le prototype de la femme libérée. Mariée et mère de deux enfants, cette architecte alliait à la fois les rigueurs de son métier et la recherche effrénée du bonheur, conjuguant l'épicurisme et la débauche « maîtrisée ».

Un corps frêle qui au loin renvoyait à une silhouette maigrichonne, une tête toujours coiffée ras de cou avec des binocles qui rappelaient John Lennon, Nadine avait l'allure d'une révoltée.

Le week-end, elle élisait domicile au 42, rue Augustin Moreau, laissant mari et enfants à Cachan pour venir se la couler douce dans les bras de Pape. Elle débarquait avec des provisions suffisantes pour ne pas mettre le nez dehors le temps de sa villégiature : du vin blanc, rouge, du rosé, du whisky, des canettes de bière, des cigarettes… Tout l'arsenal nécessaire à entretenir un état euphorique et demeurer dans un nirvana permanent.

Pour nous autres qui demeurions toujours pudiques, nous avions du mal à comprendre cette forme de liberté qu'affichait Nadine. Sa gentillesse et sa générosité forçaient notre sympathie. Les week-ends de Nadine étaient surtout très attendus par ceux que nous appelions « les Guerriers du 2e étage ».

Une bande de copains adeptes de Bacchus qui étaient sur la pente dangereuse de la clochardisation. Ils se regroupaient en semaine dans une chambre du 2e étage pour ne s'adonner qu'à une activité : boire. Et quand ils n'avaient plus rien à boire, ils ouvraient « le cercueil », un tonnelet où ils mélangeaient tous les alcools, rempli suivant un rite bien à eux qui obligeait à chacun d'y verser un petit peu de sa consommation avant de boire, quelle que soit la nature de la boisson alcoolisée. Le nom de « cercueil » donné à ce mélange se justifiait par l'effet subit que produisait l'absorption de ce breuvage. L'ivresse totale était garantie et pour notre grand plaisir, des scènes cocasses nous étaient offertes en ces occasions : untel urinant dans son pantalon alors qu'il avait déjà ouvert sa braguette, il avait confondu sa main avec son appareil. Un autre, complètement endormi après avoir ingurgité le mélange, l'index droit retrouvé appuyé sur le bouton « play » du magnétophone…

L'on se rappelle cet autre qui, tenaillé par la faim après une bonne dose d'apéro et fauché comme un rat d'église à l'instar de tous ces « guerriers du 2ème étage », était parti au supermarché pour chercher de quoi se mettre sous la dent. Il usa du manège habituel consistant à subtiliser des aliments et les cacher dans un grand blouson porté pour la circonstance. Sa lucidité défaillante lui fit voler un gigot non congelé parce que certainement fraîchement découpé qu'il camoufla dans son blouson. À la caisse du supermarché, bien que se présentant avec une baguette de pain à régler, la caissière constata que le monsieur saignait. Un filet de sang avait tacheté son habit et la dame s'était écriée :

« Monsieur vous saignez !

— Saigner quoi ? », répondit-il sur un ton traînant et, subitement il comprit que le gigot l'avait « lâché ».

Il réajusta sa prise et disparut sous le regard médusé de la caissière qui, le regardant aller en titubant, hocha la tête… Elle avait tout compris.

Que dire après toutes ces scènes ?

LES ROSES DE MBOR

Un nouvel amoureux apparut à Beaudottes…

Mbor était devenu moins belliqueux depuis un certain temps. Il affichait le sourire naïf des gens entiers, ceux qui impriment leur état d'âme sur leur visage. Tout paraissait merveilleux à ses yeux parce que l'amour avait ramolli son cœur.

Parce qu'il avait vu les Français offrir des fleurs à leurs bien-aimées, il avait pensé que c'était cela la règle au pays de Marianne. À moi, l'Européenne, il m'avait demandé des conseils sur les fleurs et naïvement, je lui avais conseillé des roses parce que pensant que sa copine était une compatriote.

Endimanché comme jamais il ne l'avait été, il me demanda de l'accompagner accueillir Fatou à la gare. C'est à ce moment que je sus qu'elle n'était pas une Européenne, mais bien une Africaine et dès lors, le choix des fleurs m'apparut plus que délicat. Finalement, nous choisîmes le Gerbéra de Jameson, communément appelée marguerite ou pâquerette, cette fleur rose blanc qui symbolise la loyauté en amour, l'innocence et la pureté, traits caractéristiques de Fatou. Un petit mot agrafé au bouquet retranscrivait toute l'ambition de Mbor. Il avait repris les paroles de Tino Rossi, *Les roses blanches,* détournées à dessein pour la circonstance :

« *C'est aujourd'hui dimanche, tiens ma jolie*
Voici des roses blanches, toi qui les aimes à la folie
Va quand je serai grand, j'achèterai au marchand
Toutes ses roses blanches, pour toi jolie (future) *maman* »

L'allure fière, Mbor prit son bouquet et emprunta la route qui mène à la gare pour accueillir Fatou. Je voulus retourner à la résidence, mais il me pria d'aller avec lui à l'accueil de sa copine. Peut-être voulait-il faire de l'effet, lui montrer qu'il était aussi introduit dans la société française et que les fleurs qu'il lui offrait témoignaient de sa culture, celle empruntée qui fait de lui un homme de son siècle.

Le train de 11h29 amena Fatou. J'aperçus une femme belle, vraiment belle, d'une noirceur d'ébène, jonchée sur des chaussures à talons qui lui faisaient surplomber son monde. Elle dandinait sur le quai à notre rencontre avec un sourire si charmant qui illuminait toute la gare.

Mbor s'empressa d'aller à sa rencontre oubliant même que j'étais en sa compagnie. Leurs chaleureuses accolades offrirent aux passagers des moments d'étreintes chaleureuses, que seul l'amour rêvé et trouvé peut offrir.

Il lui tendit le bouquet et à nouveau, Fatou, tout sourire, exprima sa joie et particulièrement quand elle découvrit le mot agrafé reprenant les paroles de Tino Rossi. Elle aimait particulièrement ce chanteur que son père, enseignant, écoutait souvent à la maison le dimanche. Ces mots lui rappelèrent naturellement son enfance et l'ambiance familiale là-bas dans ce Sénégal qui m'était devenu si proche depuis que je fréquentais Beaudottes… Son sourire en disait long sur son bonheur qu'alimentaient ses souvenirs.

Les mots étaient choisis et là, Mbor exprimait toute son ambition…

GUET LE DON JUAN

Il était étudiant en art cinématographique et portait la France dans son cœur. De la bande, il était le seul à avoir assimilé assez tôt les us et coutumes de ce pays qu'il avait toujours transporté avec lui depuis son Yoff natal, ce village de Dakar où la fréquentation des touristes leur permettait d'enjamber les frontières.

Il était affable, gentil et un séducteur né. La courtoisie était sa règle de conduite.

Ses activités annexes lui permettaient d'officier dans le championnat français de football comme arbitre pour les catégories amateurs. De ceci, il avait obtenu une carte d'accès au Parc des Princes pour les matches du championnat et de la Coupe de France. Cette carte était utilisée par tout le monde et l'on se rappelle Petit G. qui, ne sachant pas que les places du stade étaient numérotées, l'avait utilisée pour assister à un match Saint-Etienne de Platini contre Bastia de Roger Milla. Grande fut sa surprise lorsqu'un spectateur lui signifia qu'il était assis à sa place. Une altercation s'en suivit parce que Petit G. pensait que la carte donnait accès partout, à la guise du spectateur, excepté la loge officielle, comme dans les stades au Sénégal. Heureusement qu'un vieux Français avait compris assez rapidement qu'il avait dû accéder au stade par une voie détournée et le pria de venir s'asseoir à côté de lui avant que la sécurité du stade ne s'en mêlât.

Ce fut ce même Petit G. qui égara la carte étudiant de Guet qui permettait à toute la bande d'avoir accès aux salles de cinéma gratuitement. Chaque mercredi et chaque week-end, suivant les projections de films, la carte étudiant de Guet passait de main en main et comme mes compatriotes *Toubabs* ne pouvaient reconnaître un Africain d'un autre, chacun pouvait l'utiliser à sa guise.

Le sens du partage était ici magnifié et tout se partageait. Ce fut la chose qui m'avait le plus émue…

En réalité, Guet passait ses temps libres entre ses copines et ses nouvelles conquêtes, si bien qu'il ne pouvait profiter des privilèges que lui accordait son statut d'étudiant en art cinématographique et arbitre de football.

Ses copines défilaient à la résidence, tantôt une Française comme moi et la plus régulière, Annick, qui était même devenue une pensionnaire à mi-temps de Beaudottes, tantôt cette autre Antillaise qui dévalait les escaliers à grandes enjambées, pressée de retrouver son Maguette…

L'on se rappelle toujours Guet et l'ingénieuse idée qu'il a eu un jour de proposer au directeur de la résidence de projeter des films X les week-ends. À l'époque, le climat était tendu entre les travailleurs maghrébins et mes amis étudiants à cause du bruit que ces derniers faisaient toute la nuit, empêchant les autres de récupérer après leur dure semaine de labeur. Le directeur était dans le désarroi et ne savait comment rapprocher les différentes parties. La projection des films X réconcilia tout le monde. Les Maghrébins avaient trouvé là un centre d'intérêt particulier et étaient devenus sourds aux vacarmes et décibels qui émanaient de la résidence. La salle de télévision du rez-de-chaussée devint leur Pigalle et les sensations fortes que leur prodiguaient les films obstruaient leur ouïe… La paix des braves fut ainsi assurée. Sacré Guet !!! Il n'y avait que lui pour trouver des solutions pareilles…

ADAMA, LE LAVEUR DE CARREAUX

Il avait le culot des ignorants et pourtant, il était le plus titré de la bande, à l'époque. Muni de sa maîtrise ès sciences économiques de l'Université de Dakar, il avait rejoint la France pour faire son 3e cycle.

Débonnaire et d'une générosité extrême, Adama se présentait comme un homme naïf à l'image tous les gens de son espèce.

Parce que sa bourse tardait à lui parvenir en raison des longues procédures administratives, il se retrouva laveur de carreaux dans un café-restaurant parisien géré par un certain monsieur Bouchara.

Le travail n'était pas un emploi fixe si bien que tous les jours, Adama devait appeler pour s'assurer que ses prestations étaient toujours souhaitées. Les coups de fil d'Adama à monsieur Bouchara étaient attendus par tout le monde. Ils étaient « succulents ».

Il criait à gorge déployée : « ALLO, MONSIEUR BOUCHAAARRRRA, C'EST MOI LE LAVEUR DE CARREAUX. Y A DU TRAVAIL AUJOURD'HUI ? »

Toujours, monsieur Bouchara répondait par l'affirmatif. Lui aussi était devenu accro à Adama parce que ses séances de lavage de carreaux étaient tout un évènement. Il se déguisait en guerrier mandin-

pour le plus grand plaisir des employés de ce bar-restaurant au cœur du 20e arrondissement de Paris. De loin, l'on entendait ses chansonnettes toutes tirées de son imagination avec ce refrain « Ina Gring Grang » qui n'était rien d'autre qu'un pur charabia inventé pour la circonstance. Ce refrain revenait après chaque tirade et tout en sueur, il tentait vaille que vaille de restituer l'empire mandingue dont, nous disait-il, il était tout droit issu. Soundjata était son grand-père et les secrets de la bataille de Kirina lui étaient légués, nous assénait-il souvent. Si nous nous en doutions, les Français eux, gobaient tout et croyaient réellement que l'homme qui offrait ses prestations et qui astiquait les carreaux était un descendant du roi du mandingue, Soundjata Keita. Leur conviction tenait au fait qu'il se nommait Keita comme le roi et racontait avec un ton succulent l'épopée mandingue, la bataille de Kirina où Soundjata atteignit Soumaoro Kanté grâce au secret de l'ergot de coq. Il en parlait avec tellement de persuasion qu'on le croyait témoin des évènements. Son manège lui avait permis de conserver son emploi le temps de recevoir sa bourse.

Aussi et pendant le même temps, s'était-il reconverti en entrepreneur. Un jour, alors qu'il s'était proposé d'aller à la boulangerie acheter le pain pour le petit déjeuner, nous restâmes longtemps à guetter son retour. Finalement, des heures après, nous le vîmes traverser la route avec beaucoup de baguettes de pain et ceci à notre grande surprise, car il ne devait en apporter que deux. À nos questions sur la provenance de toutes ces baguettes, il nous répondit avec son air naïf et son sourire de « nègre y a bon banania » qu'il était devenu l'espace d'un temps, entrepreneur !

« Entrepreneur ? disions-nous.

— Oui », nous répondit-il sans en rajouter un mot de plus.

Quelques minutes plus tard, M. Desmaret, le propriétaire de la quincaillerie de Beaudottes débarqua à la résidence. Un monsieur jovial, d'une courtoisie et d'une amabilité exquises que je connaissais depuis que je fréquentais les lieux pour avoir effectué des achats de pièces de robinetterie dans sa boutique. Il était complètement décomposé et sa colère était visible à mille lieux. Il me fit signe et je vins à sa rencontre dans le hall de la résidence. À vrai dire, je ne l'avais jamais vu dans un tel état, il bégayait même tellement il était nerveux. Il m'expliqua qu'il était en train de faire des travaux dans l'enceinte de la quincaillerie lorsqu'Adama arriva et lui proposa ses services, arguant qu'il était entrepreneur et fils d'entrepreneur et qu'il maîtrisait à merveille les tâches qu'il accomplissait, consistant à creuser des trous pour y enfouir quelques débris. Après quelques secondes d'hésitations, il avait décidé de confier ces tâches à Adama. Celui-ci les exécuta à merveille et pour le récompenser, il lui tendit un billet de 50 FF (7.61 euros). À sa grande surprise, Adama refusa le billet sous prétexte que le travail qu'il avait abattu méritait le double et partit se cacher à l'intérieur de la quincaillerie. Après plusieurs minutes de conciliabules vaines, M. Desmaret décida d'accéder à sa demande et lui jeta un billet de 100 FF, non sans lui lancer les menaces les plus véhémentes de donner une suite à l'affaire.

En fait, il était venu pour me dire sa décision de poursuivre cette affaire et me manifester toute sa déception.

Nous comprîmes alors l'origine de toutes les baguettes de pain servies ce dimanche-là.

Le lendemain, Adama prit le train pour Dijon, il était admis à la faculté pour son DESS en économie.

Son départ fut douloureux et il pleura toute la nuit à l'idée de se séparer de la bande. Il se sentait tellement chez lui à Beaudottes qu'aller ailleurs s'apparentait à un supplice. Il y avait ses habitudes et ses complices, dont Maïer avec qui il avait une relation particulière. Ils formaient la paire, tels des larrons en foire. Leur complicité s'étalait en tout et particulièrement en bouffe. Ils avaient développé un manège consistant tous les soirs à préparer du *tiackry*, mélange de couscous marocain, du fromage blanc et de la crème fraîche qu'ils se réservaient pour leur dessert, en quantité impressionnante. Quand leur heure arrivait et pour s'extraire du groupe, ils usaient de leur mot de passe : *Let's go* et se retrouvaient seuls dans la cuisine. Un jour, Maïer, se sentant repu, déclina l'invite d'Adama et ce dernier s'ingurgita tout le bol de *tiackry*. La nuit, il n'arrivait pas à dormir, il semblait s'étouffer, respirant très difficilement. Ne pouvant plus se coucher, il se leva et, en position oblique, le dos sur le mur, y resta. Il commença à baver et finit par réveiller Mbor et Petit G. avec qui ils partageaient la 104. Ceux-ci, tous étonnés, le regardèrent avec un air inquiet. Adama se confia à eux en ces termes :

« Vous êtes mes seuls parents ici et vous savez bien que j'étais venu en France pour étudier. S'il m'arrive de mourir, dîtes à ma chère mère que je l'aime beaucoup et que mon ambition en venant en France était d'étudier et de devenir un grand quelqu'un et non de battre des records de boulimie. Je suis très fatigué et certainement, je ne traverserais pas la nuit… »

Mbor se mit à rire parce que ne pouvant jamais prendre Adama au sérieux et, se rappela du coup que ce monsieur détenait le record du Sénégal des œufs cuits avalés en une minute, sept exactement, record vieux de plus de 10 ans à l'époque et obtenu en compétition, retransmise à la télévision nationale sénégalaise…

À Dijon, il se lia vite d'amitié avec la communauté africaine, y organisa des tournois de football et invita même son complice Maïer, grand gardien de but à venir renforcer leur équipe.

Modiène, l'intellectuel venu de Tunis

Il avait fini d'écumer les côtes de Sidy Bou Saïd, ce petit quartier si admirablement architecturé de Tunis, de célébrer le cinéma à Carthage, d'admirer le dynamisme économique de Sfax, pour venir enfin jeter son baluchon à Beaudottes.

Modiène de son nom était tout à notre opposé. Calme et rangé, ne dérangeant point, il incarnait cette éducation d'une certaine bourgeoisie. Il avait rejoint Dauphine pour son 3e cycle et, était le symbole de l'étudiant studieux. Le décor de sa chambre imposait le respect : des livres partout et dans tous les domaines de la science, des disques de tous les genres musicaux mais principalement du rock and roll. Pink Floyd et Dire Straits revenaient souvent dans les mélodies qui se dégageaient de sa chambre. Sa myopie accélérée certainement par les pages des nombreux livres qu'il avait dû parcourir, lui donnait une fière allure d'intellectuel.

Modiène avait admirablement attiré mon attention parce qu'il était le seul à avoir une chambre presque « inoccupée » parce qu'il y vivait seul. Ce fait paraissait anormal dans cet environnement où la solidarité était la règle d'or. Je compris que parce qu'il était « étranger » à ce milieu qu'il avait pu rester

« autonome ».

Au début, M se montrait peu, préférant la solitude de sa chambre et ses lectures que de s'associer à la bande. Le tapage dans les couloirs ne le dérangeait point ou du moins, il le supportait stoïquement, se consacrant uniquement à ses études. Et dire que parfois, le week-end ou durant des vacances scolaires, il prenait la sono tôt le matin quand tout le monde était dans les bras de Morphée. Comme s'il se vengeait sur la bande de tapageurs qui peuplaient son couloir, il lançait les décibels à fond. *The Wall*, de Pink Floyd brisait le silence et perçait les murs, ou parfois Bob Marley and the Wailers entonnaient le reggae… Lui, sa musique, c'était pas le *mbalax* mais plutôt les sonorités venues d'ailleurs et c'était sa manière de foutre la merde et leur montrer ainsi combien il était dérangeant de troubler le sommeil des gens. Personne ne disait mot parce que tous comprenaient la légitimité de sa réaction…

À chacun sa musique, ironisaient les gars…

De lui, tous reconnurent son intelligence sociale, car quoique issu d'un milieu différent et n'appartenant pas à la même contrée que la majorité des gens de la résidence, il avait su s'intégrer à la bande et rompre d'avec son cloisonnement du début. Modiène était devenu un habitué des séances de thé et finit par se « tropicaliser ». Un jour, de sa chambre, on entendit le fameux tube de Youssou Ndour, *Toucouleur Aly Racine*. Il venait de terminer son atterrissage…

LE DÎNER DES « CHIOTS »

Les grandes vacances scolaires étaient toujours une période d'épreuves à Beaudottes. La plupart d'entre eux étaient déjà au pays. Les quelques rares qui étaient restés, tiraient le diable par la queue. Les poches se vidaient et pourtant il fallait bien vivre. Mais comment faire sans un sou ? Toute la problématique de la survie en milieu estudiantin se posait ici plus qu'ailleurs.

Serigne le Téméraire, le plus espiègle de la résidence se décida un samedi de servir le dîner. On ne savait comment il allait se débrouiller. Certains pensaient qu'il avait certainement reçu de l'argent de son père, un grand patron au Sénégal.

Dans l'après-midi de ce samedi, il demanda aux uns et autres de lui donner 10 FF pour ses courses au supermarché. Déjà, des inquiétudes se manifestaient, lui qu'on croyait riche comme un Crésus de l'heure, demander 10 FF pour ses courses, il y avait de quoi s'interroger. Mais enfin, nous demeurions optimistes parce que la situation l'imposait.

Il expliqua finalement que cet argent était destiné au passage à la caisse du supermarché, car il comptait y subtiliser des aliments et, en payant juste quelques baguettes de pain, il serait plus à l'aise pour camoufler des aliments dans son blouson. Nous connaissions tous ce subterfuge, chacun en avait déjà usé. Nous ne doutions point que c'était cela le plan de Serigne…

Le soir à l'heure du dîner, nous nous retrouvâmes tous dans la cuisine pour déguster le plat qu'il nous offrait. Du riz blanc couvert d'une sauce rouge avec des morceaux de viande éparpillée tout autour. La senteur réveillait les palais tellement le moment était attendu. Deux grands bols étaient installés et en deux groupes, nous nous installions tout autour, bavant déjà.

Grande fut notre surprise de constater que le plat était incomestible. À chaque cuillérée, il fallait expulser plus d'os que de riz à avaler. Stupeur ! Des regards s'échangeaient, personne ne comprenait pourquoi ce repas tant attendu était truffé d'os au point d'être immangeable.

On interpela Serigne :

— « *Pounkal Mi*, c'est quel plat ce dîner ? Nous n'arrivons pas à manger, il y a tellement d'os pour un repas à base de viande !

— Ah oui, répondirent tous.

— Je l'ai pris au supermarché dans le rayon viande, répondit Serigne.

— Oui, mais le rayon viande est vaste mon cher », ajouta quelqu'un.

Je m'étais levée dès les premières cuillérées parce qu'étant impossible pour moi de manger un plat si infect. Quand les questions fusèrent, je m'étais approchée de la poubelle pour m'assurer que mes doutes étaient bien réels. Eh oui, mes doutes se confirmèrent, il s'agissait bien de viande broyée pour chien visible sur l'emballage « Viande broyée St Laurent ». La Française que je suis savait que cette viande était destinée aux chiens.

Je sortis l'emballage de la poubelle et apostropha la bande :

« Eh les gars, j'ai trouvé. Il s'agit de la viande broyée St Laurent pour les chiens composée d'un mix de mouton, bœuf et volaille avec un pourcentage d'os. »

Tout le monde se leva et les regards s'orientèrent vers Serigne, lui-même surpris, le regard hagard.

Tout d'un coup, des rires fusèrent dans la cuisine : certains commencèrent à aboyer « Woow, Woow, Woow… » D'autres imitèrent l'aboiement et finalement, ce qui devait être un drame, fut l'un des moments les plus drôles.

Ici, l'excuse était bien trouvée, car ils savaient tous que dans leur manège, il leur faut faire vite pour ne pas attirer l'attention des surveillants et en pareils cas, l'on pourrait ne pas faire très attention vu la proximité des rayons de viande. Ils se dirent en guise de moralité que désormais quand il faudra voler de la viande au supermarché, il faudra bien s'assurer que ce n'est pas de la viande pour chiens…

Serigne, pendant longtemps, se faisait aboyer et à chaque fois qu'on entendit « Woow, Woow, Woow » quelque part dans l'enceinte de l'immeuble, on comprenait alors que c'était lui qui empruntait les couloirs de Beaudottes…

GOLIATH LE « MOISAN » DE BEAUDOTTES

Le *Canard Enchaîné* avait Moisan, Beaudottes avait Goliath, un jeune sénégalo-marocain, de son vrai nom Mouhamed El Araby mais plus connu sous l'appellation indiquée, et qui avait le don extraordinaire de tout transformer en caricatures. C'était son mode d'expression.

C'était un régal de contempler ses œuvres tellement il arrivait à dérider les uns et à susciter la furie d'autres. Parce qu'il était le plus jeune de la bande, il était souvent le plus exposé aux colères des uns et des autres parce que lui aussi ne faisait rien pour être épargné. Ses éclats de rire frisaient le sarcasme si bien que ceux qui croyaient en être l'objet le prenaient pour cible.

Pour sa revanche, il peignait toujours…, il caricaturait.

Avec un talent immense, il nous offrait des tableaux où chacun pouvait s'y reconnaître parce qu'il avait le don de mettre en exergue les signes distinctifs de ses cibles avec une intelligence telle qu'on pourrait croire que personne n'était visée. Seuls les initiés comprenaient.

Un matin de dimanche, nous découvrîmes un tableau admirablement bien peint affiché dans la cuisine : des lèvres lippues et inégales offertes en œuvre artistiques. Tout y paraissait disproportionné, tout y était grossi de la tête aux narines anormalement aplaties avec cet extrait du poème de Léopold Sédar Senghor :

« *Nègre c'est la forme de ma tête,*

Ce sont mes lèvres lippues

C'est mon nez aplati

Mes cheveux crépus témoignent fort que je suis un Nègre d'origine (...) »

Nous savions tous à qui était destinée cette caricature et nous fûmes tous pris d'un fou rire. On adorait Goliath pour son trait d'humour si unique qu'il exprimait d'une façon si originale si bien que même ses dérapages étaient pardonnés.

Holzenbein se savait caricaturé à l'extrême et il en rigola comme tout le monde tout en envoyant des tapes amicales à Goliath et se jurant de ne plus le contrarier, si tel en était le prix à payer.

La reproduction déformée de son visage, enlaidi à outrance, lui faisait dire que ceci expliquait certainement le désert sentimental qu'il traversait et que mes compatriotes françaises ne comprenaient encore rien de la belle laideur. Nous en riions comme nous riions des autres caricatures qui égayaient souvent ce lieu blotti au cœur de Beaudottes. C'étaient parfois un nez regrossi et rallongé pour décrire la Française que je suis, un mammouth avec des lunettes pour rappeler Katumba, un homme en super activité qui renvoyait à Mbor, MC de toutes les organisations avec son entrain habituel, un matelas flottant dégageant des ronflements qui rendent insomniaques ses voisins et cherchant un hébergeur pour rappeler quelqu'un d'assez spécial que le lecteur retrouvera plus tard, un pêcheur au large de Brest francisant son *lébou*, cette langue si idiomatique parce qu'ayant échoué sur cette terre pour nous décrire Guet, un marin préférant s'embarquer sur une pirogue au lieu d'un bâtiment pour nous parler de Maïer… Et le must, cet automobiliste quittant la Côte d'Ivoire et cherchant à traverser la méditerranée au volant de sa voiture, Waldir Peres tout entier…

La caricature est un art majeur et là, nous en concevions tous, même si dans son acception première elle est une satire, une critique moqueuse, ici elle ne dérangeait point et détendait l'atmosphère.

Avec le recul, je me dis souvent que le 42, rue Augustin Moreau aurait dû avoir sa galerie toute dédiée aux œuvres originales de Goliath, à ces caricatures qui, à elles seules, auraient restitué toute une histoire.

Les Bals des Champs-Élysées

Champs-Elysées la mythique, l'avenue tant rêvée et qui a toujours alimenté l'imaginaire des étrangers, était devenue pour le temps des vacances, un lieu de ralliement de toute une colonie.

Encore aujourd'hui, je me demande par quel truchement Serigne le Téméraire était arrivé à se faire confier la relance d'un McDonald's situé sur la plus belle avenue du monde !!! Oui, c'était à lui que le gérant avait confié une telle mission, celle de capter toute une jeunesse pour qui cette avenue était réservée aux riches et stars de cinéma, parce que tout simplement les prix qui y sont pratiqués sont hors de portée des étudiants et autres débrouillards.

Pour cette mission si hautement importante, Serigne lança l'idée de transformer le McDo en night-club tous les samedis après-midi et d'en laisser l'accès libre, à la seule condition d'être client. Il fit la promotion du concept à tous ses amis et rapidement, comme une trainée de poudre, le programme devint un rendez-vous important.

Un mois durant, chaque samedi, Beaudottes s'endimanchait pour aller au bal des Champs-Elysées. Une destination inespérée pour ces infortunés blottis dans leur banlieue et qui ne voyaient cette avenue qu'au travers des écrans de télévision ou lors des visites des nouveaux arrivants voulant immortaliser leurs premiers pas sur la terre de Marianne, sous l'ombre tutélaire de la tour Eiffel, ange gardien et symbole de ce Paris que la France a en commun avec le reste du monde.

Champs-Elysées ! Nom féérique qui, à lui tout seul, évoque un certain raffinement, un goût de luxe, et faisait sortir les habits soigneusement rangés pour les vacances au pays. Il était hors de question qu'ils apparussent sur cette avenue comme des paysans ou des rescapés des guerres mondiales cherchant le nord. Non, ils tenaient à s'affirmer comme des habitués des lieux ayant réussi une parfaite insertion. C'était plutôt moi la native de Paris qui semblait venue d'ailleurs.

Costumés comme des fils d'ambassadeurs, ils constituaient le décor du McDo, lieu habituellement envahi par des jeunes aux accoutrements d'un certain âge, celle de l'adolescence où l'on se soucie peu de l'apparence.

Ils avaient envahi les Champs-Elysées et imposé leur musique, en particulier celle du grand chanteur sénégalais Youssou Ndour avec son fameux album de 1982 contenant *Toucouleur Ali Racine*, le tube devenu hymne national de Beaudottes, que moi-même je fredonnais sans comprendre les paroles. Le rythme endiablé du *mbalax* avait conquis les lieux et mes compatriotes, friands d'exotisme s'en donnaient à cœur joie.

Serigne avait réussi son pari et tous les samedis, le McDo recevait ses clients jusqu'à 20 heures.

René Caillé était le maître à bord dans ce lieu. C'était lui qui distillait la musique alternant les rythmes du pays aux sons doucereux et les chansons françaises de l'époque, allant de Daniel Balavoine au groupe Téléphone, en passant par le grand Gainsbourg, le talentueux Goldman, les sons lumineux de Jean-Michel Jarre... Toute la clientèle y trouvait son compte. Je me réjouissais de voir mes amis si heureux de profiter de moments de communion avec d'autres sur cette avenue mythique, sur laquelle ils garderont des souvenirs toute leur vie...

L'ambiance festive de ce McDo, devenu un mois durant un lieu de rencontre d'une jeunesse de toutes les couleurs avec un seul langage, la danse rythmée, était un des messages d'espoirs du monde en devenir.

Naturellement, de telles rencontres font naître souvent des illusions, celles d'une autre vie. Damé Waldir Peres qui rêvait de ce Paris depuis son lointain Abidjan et souffrant d'une puberté tardive, trouvait là des occasions inouïes de vivre son idéal. Il multipliait ses tentatives de conquêtes, toutes vaines, ce qui expliquait certainement ses confidences douloureuses et intimes à Pain-Beurre.

Les bals des Champs-Elysées resteront pour longtemps l'un des souvenirs les plus marquants de cette époque d'insouciance, de ce temps où la peur de l'autre ne s'était pas encore invitée en France, cette terre d'accueil qui a toujours recueilli ceux qui élever leur esprit, ceux qui cherchent un meilleur ailleurs, parce qu'opprimés dans leur pays d'origine.

La France, ma patrie, c'était cette terre-là…

Serigne quitta Beaudottes à la fin des vacances pour rejoindre Rennes où il était inscrit en Maths/Physique et l'expérience ne sera plus renouvelée.

Champs-Elysées restera ce souvenir et aujourd'hui encore, à chaque fois que je me promène sur cette avenue, des images réapparaissent en moi et, parfois, le sourire en coin, je ne peux m'empêcher de revivre ces instants-là…

Ces souvenirs, comme ce rituel des déjeuners de la Défense, demeurent immémoriaux. Ils avaient tous des rêves de grande vie et désiraient vivre le Paris des grands restaurants parce que sachant la qualité de la table française, des grands maîtres cuisiniers étoilés au Guide Michelin. Ne pouvant se payer le luxe d'être servis par ceux-là, ils avaient jeté leur dévolu sur le Flunch du quartier de la Défense où, à chaque fin de mois, à réception de leur bourse d'études, ils se retrouvèrent tous pour un déjeuner aux allures de fête.

Ce Flunch, comme tous les autres, n'avait rien d'extraordinaire sauf qu'il était installé dans le quartier chic de la Défense, ce qui conférait à son cadre un relief certain comparé à Beaudottes, cette ville de la banlieue parisienne.

Pour la circonstance, chacun mettait son costume et se nouait la chemise avec une cravate. C'était devenu un rituel de se retrouver tous dans ce Flunch une fois par mois pour se donner l'impression de déjeuner dans un grand restaurant parisien, de réaliser un rêve. L'alcool étant prohibé par la religion musulmane, en guise de vin de table, ils se servaient du cidre doux qui a l'avantage de pétiller comme le champagne tout en ne contenant aucune goutte d'alcool, quoique son contenant puisse prêter à confusion avec sa bouteille bouchonnée avec du liège comme pour le vin ou le champagne. Ah ! Si la religion leur autorisait de goûter aux délices du vin ou du champagne, qu'allaient être ces déjeuners-là…

La descente de la police

Par un matin d'hiver, la police fit une descente au 42, rue Augustin Moreau pour un contrôle d'identité, mais en réalité, ils cherchaient à dénicher les « clandestins » qui squattaient les chambres la nuit en toute complicité avec les titulaires. Il faut dire que ce lieu n'abritait pas seulement des ayants droit dûment pris en charge par l'ambassade, mais tout un quartier, voire toute une ville, cette lointaine Rufisque dont presque tous étaient des ressortissants. Les chambres individuelles étaient occupées par quatre personnes et celles à trois, par douze. Fait suffisant pour que la nuisance sonore envahisse les lieux et affecte la quiétude des voisins. Il faut dire qu'ici, les bruits assourdissants des décibels et les discussions à bâtons rompus toute la nuit tympanisaient le voisinage. Alors la descente de la police sur les lieux n'était pas anodine et que certainement, ce sont les habitants du quartier et la direction de la résidence qui avaient alerté la police.

Les policiers débarquèrent sur les lieux un mardi à cinq heures du matin, heure à laquelle ils étaient sûrs de trouver tout le monde sur place. Ce fut chose faite. On aurait dit une traque aux terroristes tellement ils étaient armés et impressionnants. Munis de la liste des titulaires, ils passèrent en revue toutes les chambres, demandèrent aux « clandestins » de sortir les attendre dans le hall de l'immeuble. Seuls les couples étaient épargnés, ce qui nous sauva Yasser et moi.

Ils furent tous regroupés dans le hall et selon les dires de certains, ils étaient un nombre important, peut-être même plus que les résidents officiels de l'immeuble.

La police dressa la liste des « squatters » et leur demanda de passer au commissariat pour des questions supplémentaires. En réalité, que pouvait-elle faire pour des gens en situation régulière et étudiants de surcroît ? Il faut dire qu'ici il y avait une indulgence particulière pour les étudiants.

Nous comprenions plus tard que la descente de la police n'était pas destinée à embarquer ceux qui étaient en situation irrégulière dans l'immeuble, mais plutôt à sensibiliser les gens sur la nuisance sonore qui empêchait tout un quartier de trouver la quiétude les week-ends.

Pendant quelques jours, Beaudottes avait retrouvé un calme, mais la nature revint très vite au galop…

LES MILITANTS DU PARTI

Ils s'appelaient Baye, fervent militant, et Macodou, l'idéologue qui théorisait la doctrine sociale démocrate de son parti, au pouvoir au Sénégal depuis les indépendances. Eux avaient un engagement politique réel et défendaient des positions courageuses dans un enclos d'étudiants, par nature hostiles à toute politique gouvernementale.

Des débats houleux rythmaient parfois Beaudottes et, à l'occasion, les militants du parti cherchaient même des renforts. L'on se rappelle Ndiogou qui était un des leurs et qui venait souvent leur prêter main-forte.

Les élections présidentielles de 1983 ont été des moments forts ici et les théories rivalisaient sur la légitimité du président élu avec un fort taux d'abstention, et ceci malgré les 83.45 % des voix obtenus. La participation n'avait été que 56.7 %, en retrait par rapport aux scrutins précédents. C'était la première élection du président sortant qui avait hérité de la mandature du président Senghor en 1981, ce qui attisait les hostilités des étudiants à son endroit. Sa légitimité se posait doublement ici à Beaudottes.

Les militants du parti étaient souvent dans des positions inconfortables et, parfois, voulant justifier l'injustifiable, usaient d'arguments tirés par les cheveux en voulant assimiler le fort taux d'abstention au grand nombre de bulletins blancs émis. On voyait ainsi comment une position partisane pouvait affecter une certaine crédibilité. Ils ne voyaient que l'intérêt de leur parti comme s'ils étaient envoyés en France pour défendre la politique du gouvernement sénégalais. L'étiquette « étudiants PS » leur était collée à la peau. D'aucuns disaient même qu'ils bénéficiaient d'une bourse du parti pour parler de la mainmise de l'appareil sur l'État. Mêmement encore, ils étaient des protégés et bénéficiaient parfois de l'avion présidentiel pour les vacances au pays.

Ce qui était admirable dans leur cohabitation avec les autres étudiants, presque tous de la gauche radicale, c'était cette capacité qu'ils avaient tous de dépasser leurs divergences politiques, de se retrouver une fois les débats clos pour demeurer des compatriotes unis dans une même communauté de destin. Cela, c'était le génie sénégalais qui faisait que toujours, quoiqu'il arrivait, et quels que soient les antagonismes nés des différences d'opinions, l'essentiel leur permettait de se retrouver. En voyant aujourd'hui le Sénégal considéré comme un repère de la démocratie, je ne suis point étonnée parce que la tolérance est consubstantielle à ce peuple.

Yasser Arafat

Il était le chef des « squatters ».

Il n'avait pas de « territoire ».

Toutes les nuits, il transportait son matelas à la recherche d'un espace vide dans une chambre.

Il doit son surnom à son statut.

Longtemps après notre première rencontre, j'essayais de comprendre le pourquoi du nom Yasser Arafat. J'avais même pensé que peut-être parce que son père portait en admiration le leader de l'OLP, il lui avait collé ce nom à sa naissance. Que nenni !!! Il doit son appellation au fait qu'il n'avait pas de territoire et devait, chaque jour, résoudre l'équation de l'hébergement.

Je vécus avec lui dans cette précarité qui avait ce charme particulier qu'on était partout chez nous, parce que chacun nous accueillait les bras ouverts avec cette disponibilité légendaire que seuls les Africains ont.

Yasser, de son vrai nom Abass, était un modèle de gentillesse, de courtoisie et de générosité. Il était devenu « apatride » parce qu'il avait préféré donner sa chambre à une jeune étudiante dont il était le « tuteur », en l'occurrence celle qu'on appelait affectueusement Adjudant Ngagne, décrite plus haut. Sa magnanimité faisait sa grandeur et c'est peut-être ce qui m'avait le plus séduit en lui. Il savait être disponible pour les autres au point de se mettre en déséquilibre sur toute la ligne. Il n'arrivait plus à être à jour sur ses études en raison de cet état de fait.

Son statut l'avait poursuivi jusqu'à Turin où durant les vacances de Pâques de l'année 1983, il s'était rendu avec quelques amis. Arrivé après eux tard dans la nuit en raison de son escale à Dijon, il les rejoignit à l'hôtel, préférant comme à son habitude, profiter du manque de vigilance de l'hôtelier pour être avec eux en surnombre dans la chambre. Pour échapper aux contrôles parce que le doute s'était installé dans l'esprit du maître d'hôtel, il passait sous l'un des lits qui meublaient la chambre à chaque fois qu'un des membres du personnel frappait à la porte.

La précarité de sa vie avait affecté ses élans émotionnels et la quête de l'amour était devenue un palliatif. Ne sachant comment s'y prendre, il avait découpé des feuilles de cahier sur lesquelles il avait pris soin d'y inscrire son nom et son contact à l'adresse de toutes les filles qu'il rencontrerait et susceptibles de l'intéresser. J'étais une de celles-là…

Notre relation amicale se mua en relation amoureuse et avec l'aide de mes parents, nous décidâmes de nous installer à Auteuil dans le studio que j'avais toujours occupé et qui était une propriété de mon père. Mes parents acceptèrent notre liaison et nous vinrent en aide dans l'aménagement de notre habitation. Nous nous y installions à notre goût et quoique le mobilier fût modeste, le confort y était assuré.

Yasser avait désormais un territoire et le soir, je me délectais à le regarder mettre son peignoir et chausser des pantoufles, le regard lointain, scrutant certainement le chemin parcouru.

Il était devenu un autre homme, plus posé et calme parce que moins inquiet de l'avenir.

Mes parents nous accueillaient le week-end ou parfois même nous laissaient la propriété familiale, une grande maison où nous nous plaisions à recevoir nos chers amis.

Parfois, les dimanches où nous restions à Auteuil, nous allions souvent nous promener aux Tuileries. Il aimait particulièrement cet endroit hautement symbolique pour lui. Me revint encore cette histoire du jardin des Tuileries qu'il me racontait et dont il me disait être redessiné par André Le Nôtre, jardinier de Louis XIV, et à qui Éric Orsenna a consacré un merveilleux livre intitulé *Portrait d'un homme heureux – André Le Nôtre*. Cet homme, présenté comme un courtisan, me disait-il encore, savait faire attirer l'attention du roi sur lui. C'est lui qui sera chargé d'embellir ce jardin et d'ouvrir des perspectives dont l'une servira à édifier l'avenue des Champs-Elysées. Aussi, aimait-il me déclamer lors de nos promenades, cette réflexion contenue dans le livre précité et qui sied bien aux hommes qui ont eu à exercer le pouvoir : « Que faire quand on a tant fait et soudain plus rien à faire ? Comment vivre quand une foule bruyante accompagnait chacun de vos pas, guettait le moindre de vos gestes, gobait, comme d'oracle, le moindre propos, et que s'installent le silence et la solitude ? La retraite des actifs reste un mystère. L'énergie désormais inutile se mue-t-elle en angoisse, via l'ennui ? Ou une sérénité gagne-t-elle, mélange de fière satisfaction pour la tâche accomplie et de grosse fatigue pour tout ce qu'elle a coûté ? »

Je restai admirative de sa vaste culture. Il en connaissait plus que moi sur l'histoire de mon pays.

Avec lui, tous les rêves entretenus naguère dans mon adolescence rejaillissaient dans ma mémoire.

Les boules Quiès que je transportais toujours avec moi pour ma protection auditive demeurent des souvenirs de notre vie commune…

QUE SONT-ILS DEVENUS TRENTE ANS APRÈS ?

Ils sont devenus diplomate, haut fonctionnaire, chefs d'entreprises, conseiller municipal en France, professeur, etc.

Yasser avait épousé la carrière diplomatique et est ambassadeur du Sénégal dans un pays européen. Lui, son parcours est à méditer surtout quand je le vois dans une photo serrer la main d'un chef d'État européen, je me dis qu'il a fait un sacré chemin et chapeau bas à lui, réussir la prouesse de passer du statut de squatter à Sevran à celui d'hôte d'un chef d'État, il faut le faire !

Mbor est devenu un grand acteur de la profession logistique et manutention et dirige une grande société qui s'active dans ledit domaine et est épaulé par Fatou, devenue son épouse qui, après quelques années dans un cabinet d'expertise maritime, a rejoint son mari au lancement de cette exaltante aventure. Il est aujourd'hui un acteur majeur dans sa profession et membre du patronat sénégalais. Il a fini par débaucher Blain le Sapeur et d'autres pour reconstituer Beaudottes en miniature.

Guet est resté en France et poursuit sa carrière professionnelle à la Fédération Française du Bâtiment (Branche BTP du MEDEF) et est aussi Conseiller municipal de Neuilly-sur-Marne.

Pain-Beurre poursuit sa carrière dans l'aviation et Katumba, après une carrière à la Poste, fait la navette entre le Sénégal et la FranceWaldir Peres a été rapatrié au Sénégal après les évènements décrits plus haut et a été perdu de vue par tout le monde…

Holzenbein a émigré aux États-Unis depuis et y est installé.

Sepp Maïer poursuivit certainement une carrière dans les bateaux de pêche en Bretagne et continue d'écumer les côtes européennes.

Nadine et Pape se sont mariés maintenant et résident tous les deux en France.

Adjudant Ngagne était assistante d'une haute personnalité de l'État et poursuit maintenant sa carrière dans une institution internationale.

Lamine le marxiste tapageur est basé maintenant aux États-Unis après avoir dirigé la Jeune Chambre Économique du Sénégal.

Petit G. est chef d'entreprise, Serigne le Téméraire, professeur au Lycée français Jean Mermoz de Dakar.

Ousmane le Grand Frère est aujourd'hui chef de mission dans un grand cabinet d'audit international basé à Dakar.

Ouzin l'Anarchiste est un grand architecte basé à Dakar et leader d'un parti politique.

Bakka le Narcissique, lui, est basé maintenant aux États-Unis après une carrière en Guinée. L'on me dit même qu'il était venu enterrer son épouse au Sénégal l'année dernière, celle-là même dont il parlait souvent à l'époque, la belle Cécile. Que la terre lui soit légère…

Massamba le Conciliateur est resté en France de même que Ass Bernard Paringot, avec leur famille.

Adama le laveur de carreaux est devenu un grand opérateur économique, l'un des rares qui survit encore de l'opération « Maîtrisards » lancée par le gouvernement sénégalais dans les années 80. Il dirige une boulangerie dans la province sénégalaise et plus précisément à Bambey au cœur du bastion mouride (confrérie religieuse). Il ressemble plus à un marabout qu'à autre chose. L'on a du mal à imaginer qu'il fut si troublant…

Goliath est resté en France où, après avoir enseigné dans les lycées, il est devenu directeur de centre d'accueil. Son expérience de Beaudottes a certainement motivé son changement d'orientation professionnelle en vue d'aider ceux qui ont tout laissé derrière eux.

Anna, la complice d'Adjudant Ngagne est assistante dans une institution internationale.

Les perdus de vue :

Cheikh le Rebelle, Modiène l'Intellectuel venu de Tunis, Kandj l'esthète, Damé Waldir Peres.

Les disparus :

Pa Ndiaye, ce vieil étudiant qui voulait son parchemin de 3e cycle avant de quitter ce monde. Son souhait fut exaucé. Que la terre lui soit légère.

Ndiack, cet autre qui se faisait appeler Jacques, parce que plus commode pour nous autres Français que son prénom d'origine qui était souvent escamoté. Un homme affable et disponible qui se distinguait par sa petite moustache et son hyper activité. Il adorait faire la cuisine comme tous les gens généreux. Que la terre de France où il s'était définitivement établi et où il avait fondé foyer lui soit légère…

Nos retrouvailles

Voilà bientôt trente ans que je n'avais pas vu la plupart de mes amis qui, à la fin de leurs études, avaient préféré retourner dans leur pays qu'est le Sénégal. Je rêvais de les retrouver et en parlais souvent à mon mari Philippe, à qui je racontais souvent les merveilleux moments passés auprès d'eux. Lui-même était conscient de l'impérieuse nécessité que j'avais de les retrouver. Il me proposa alors de passer nos vacances de décembre au Sénégal. J'y avais toujours pensé, mais je n'avais jamais eu le courage de le lui proposer.

Le seul contact que j'avais gardé était celui de Yasser Arafat, lui-même absent du pays depuis très longtemps en raison de ses activités professionnelles.

Il réussit à contacter Mbor le MC qui joignit tout le monde et lança des invitations dans un grand restaurant dakarois. Ceux qui n'étaient pas au pays promirent de venir pour les retrouvailles et revoir leur chère Corinne. La date du 15 décembre fut retenue et moi, j'arrivai à Dakar le 14 avec mon mari Philippe et comptions retourner en France pour les fêtes de Noël et de fin d'année.

Nous arrivâmes à Dakar par le vol régulier et fûmes accueillis à l'aéroport Léopold Sédar Senghor par Yasser Arafat. Je fus subjuguée d'émotion par le fait de le revoir après tant d'années, bien que nous gardions un lien épistolaire. Il avait une calvitie avancée et un certain embonpoint. Le temps avait fait son œuvre sur lui. Nous nous serrions longuement dans les bras l'un de l'autre, devant Philippe tout aussi ému de me voir perler des larmes. Il nous conduisit dans l'hôtel qu'il avait réservé pour nous, à ses frais.

D'emblée, il me rassura que tout le monde avait répondu à l'appel et que même les « émigrés », ceux ayant choisi de rester en France étaient arrivés…

Oui, ils étaient presque tous là !

Certains avaient blanchi, d'autres avaient pris des graisses en trop ou portaient des séquelles de la vie…

Je les ai retrouvés un à un. Mbor est devenu un talibé et ne fumant plus, lui qui grillait cigarette sur cigarette ; Fatou son épouse, elle, a gardé toute sa jeunesse et son charme malgré le poids de l'âge ; Guet est resté le même avec des yeux plus ridés qu'avant. René Caillé toujours jovial avec sa petite taille. Il faut dire que lui n'a pas grandi. Adama le laveur de carreaux est plus méconnaissable, emmitouflé dans un boubou blanc avec une barbe toute blanche, à vrai dire, il ressemble beaucoup plus à un ayatollah aujourd'hui.

Tamsir Katumba est revenu tout spécialement pour les retrouvailles. Lui n'a pas fondamentalement changé. Déjà, à l'époque, il avait une masse imposante qu'il a d'ailleurs toujours gardée.

Blain le Sapeur, toujours bien coiffé, sa marque de distinction, garde la même coupe qu'à l'époque où il était étudiant avec des cheveux aplatis à l'extrême, comme s'il appliquait un dictionnaire sur sa tête (dixit Mbor), Pain-Beurre a quitté son gîte de Roissy pour venir nous retrouver quoiqu'il ait quitté le Sénégal il y a quelques jours. Il a gardé toute sa verve et son sens de l'humour. De la porte du restaurant, il avait lancé son fameux mot d'interpellation : *Pounkal Mi* ! Moi aussi, il m'appelait ainsi… Sepp Maïer, avec sa calvitie lui aussi était là et d'entrée, il nous compta un à un et nous lança tout de go : « Eh les gars ! Nous sommes plus de huit, alors le huis clos ne sera pas respecté ! »

L'hilarité était à son summum avec cette entrée fracassante…

Adjudant Ngagne et sa complice Anna étaient elles aussi venues s'associer à nous, impatientes de retrouver la bande, toutes heureuses de se remémorer les temps d'une jeunesse. Elles n'avaient point changé, l'âge n'avait rien altéré en elles.

Goliath avait amené dans ses bagages un tableau magnifiquement élaboré où il représentait chacun de nous, trente ans après. Il fallait voir, c'était saisissant !

Tous les souvenirs de notre vie commune défilèrent devant nous. L'on revenait sur les histoires cocasses qui avaient émaillé la vie de Beaudottes comme la fameuse invitation de Katumba, la dame française « déséquilibrée » qui était comme une fée et qui était arrivée un soir à la résidence habillée d'une simple chemise de nuit et à la recherche de sensations, les réunions qui se tenaient dans la cuisine lors de la suppression des bourses de certains étudiants et où partisans de l'Association Sénégalaise des Étudiants en France (AESEF) et l'autre tendance AESEF-Action syndicale rivalisaient pour la direction du mouvement. L'un des ténors de la première association qui avait marqué toute notre bande par son éloquence et son discours structuré est aujourd'hui le leader-fondateur du Mouvement Tekki, parti politique et député à l'Assemblée nationale.

L'autre ténor appartenant à l'époque à la branche dissidente et dont nous avions tous salué son engagement dans la lutte estudiantine avec « l'occupation » de l'ambassade du Sénégal, la conduite des négociations avec l'État du Sénégal, est aujourd'hui coordonnateur du principal parti d'opposition après avoir été ministre à plusieurs reprises sous le régime de l'alternance.

L'évocation de nos souvenirs installait mon mari Philippe dans une atmosphère d'amphithéâtre. Lui, professeur d'université comme moi, avait l'air de retrouver l'ambiance de la fac, tellement ceux-ci avaient gardé toute leur verve d'antan, toute leur jovialité de jeunesse, tout le côté taquin de l'étudiant qu'ils étaient demeurés dans leur âme.

J'avais si intensément rêvé de ces moments de retrouvailles que j'avais du mal à imaginer que ce fut une réalité ce jour-là. Trente ans après, c'est déjà toute une vie. Et pourtant nous sommes restés les mêmes, fidèles à notre amitié, fidèles à ce patrimoine que nous avons en commun qui à lui seul est une richesse : notre passé, notre vie à Beaudottes.

Le dîner de nos retrouvailles fut agrémenté d'anecdotes, d'histoires drôles, de gags, de confessions fortes… L'on se rendait compte que les années n'avaient rien altéré à la profondeur de nos liens, à notre amitié indéfectible. Chacun gardait en lui et jalousement, ce trésor que constitue notre passé de vie commune.

Et l'on se rendait compte encore d'une certaine communauté de destin, dans ce qui est aujourd'hui une fratrie. Mbor et Petit G. unis dans la bataille contre ce qu'ils appellent « le néo-impérialisme français », l'un dans le secteur portuaire, l'autre dans le secteur du pétrole, appelant par là au patriotisme économique nécessaire pour toute politique de développement. Rien ne pouvait présager de cela, trente ans plus tôt, quand ils partageaient la même chambre, la 104.

L'actualité récente s'invitait dans nos débats de par cette grisaille qui ennuageait le ciel de Paris avec les attentats… Nous regrettions que cette ville de Paris si chère à nous tous, cette ville festive, cette ville-monde devint la cible de lâches personnes qui semblent reprocher aux autres un certain mode de vie. Nous déplorions l'intolérance d'aucuns qui reprochaient à d'autres le fait de s'attabler sur une terrasse de café, dans un restaurant ou simplement de vivre des moments de concert pour évacuer le stress de la semaine. Les victimes étaient belles et jeunes, pleines de vie et de projets…

Toute la lâcheté et la barbarie de notre époque se dressaient devant nous. Nous criions notre colère et ne comprenions pas comment d'innocentes personnes pouvaient être des cibles. Les images de la tuerie de Paris nous rappelaient le sursis que nous vivons tous. Nous constations avec regret que Paris venait de basculer dans la terreur, que de cette terre d'amour giclait du sang.

Les noms des auteurs des attentats renvoyaient à des origines et nous comprîmes là tout le piège de l'amalgame qui risquait de s'installer. En effet tous ceux issus de l'immigration seraient sujets à des suspicions aggravées et condamnés à supporter le regard inquisiteur des passants dans la rue. La stigmatisation allait être très forte. Pourtant, les terroristes ne faisaient pas de distinguo, les victimes étaient de toutes les races, de toutes les religions. Leur mobile n'est pas la religion bien qu'ils s'en réclament, il faudra le chercher ailleurs et peut-être dans une forme de frustration accumulée qui avait alimenté une certaine haine de la France. Ils expulsent en leur manière ce sentiment longtemps entretenu. Leurs discours étaient aux antipodes des revendications religieuses et se référaient à la colonisation, au racisme, à l'esclavage datant des siècles passés pour fonder une certaine légitimité. Toute leur lâcheté s'étalait là parce que la religion n'avait servi que de prétexte.

Et tel un tribun, Abass Yasser Arafat m'épata à nouveau comme au bon vieux temps en nous récitant cet extrait du recueil de Victor Hugo publié en 1872, *L'année noire*, poème qui, à lui seul est illustratif du Paris de nos jours :

« *Ils sont là, menaçant Paris. Ils le punissent.*
De quoi ? D'être la France et d'être l'univers,
De briller au-dessus des gouffres entr'ouverts,
D'être un bras de géant tenant une poignée
De rayons, dont l'Europe est à jamais baignée ;
Ils punissent Paris d'être la liberté ;
Ils punissent Paris d'être cette cité
Où Danton gronde, où luit Molière, où rit Voltaire,
Ils punissent Paris d'être âme de la terre
(...)
Et ce n'est pas leur faute ; ils sont les forces noires
Ils suivent dans la nuit toutes les sombres gloires. »

Que dire après ces mots justes et percutants écrits il y a plus d'un siècle et qui résonnent encore comme s'ils étaient dédiés à ce Paris de nos jours ?

Cette triste note allait ternir cette formidable image que nous offrons au monde sur cette terre de la Téranga où nous nous étions réunis pour célébrer le plaisir de nos amitiés partagées.

Rapidement, nous retrouvions notre insouciance légendaire pour replonger dans nos souvenirs. Avec nos retrouvailles, j'avais pu apprécier à quel point le passé peut être beau et à quel point le souvenir est aussi un bonheur !

Abass Yasser Arafat m'avait introduit dans ce milieu où j'ai appris des choses que nul livre n'aurait pu me prodiguer et qui est cet humanisme que seuls les Africains sont capables de véhiculer. Ils sont pauvres, mais ils n'ont pas la misère dans l'âme et c'est cela la plus grande richesse…

Avec eux, je me suis rendu compte davantage encore que Beaudottes n'a pas été une parenthèse dans ma vie, mais plutôt un constituant qui a déterminé mes choix d'orientation professionnelle, pour demeurer moi aussi une éternelle étudiante dans l'âme. Que serais-je devenue sans eux dont le souvenir entretient mon optimisme sur la vie ? Ils n'avaient rien et pourtant ils se sentaient si riches et si épanouis parce que confiants en l'avenir. À les voir aujourd'hui si heureux de leur vie et égrenant leurs souvenirs dans une ambiance bon enfant, l'on se rend compte que la vie ne s'offre qu'à ceux qui ont misé sur elle.

Nos souvenirs demeureront pour toujours et désormais, nous nous promîmes de nous revoir tous les ans afin que ne s'éteigne ce flambeau que nous transportons en chacun de nous si précieusement…

Le souvenir est aussi un bonheur, dit-on souvent. Je l'appris plus ici que nulle part ailleurs.

Nous quittâmes Dakar Philippe et moi le lendemain pour Paris.

Yasser Arafat nous accompagna jusqu'à l'aéroport. Tout son bonheur se lisait sur son visage, toute ma tristesse fanait le mien…

TABLE DES MATIÈRES

Remerciements 7

Préface 9

La rencontre 15

L'entrevue 19

Beaudottes 23

L'arrivée 27

La 104 31

René caillé 33

Pain-beurre 35

Maïer et le huit clos 37

Katumba 41

Waldir peres 49

Katumba « l'androphage » 53

Damé Waldir peres et « sa promise » 59

Adjudant Ngagne 63

Pa Ndiaye 67

Nadine l'iconoclaste 71

Les roses de Mbor 75

Guet le Don Juan 79

Adama, le laveur de carreaux 83

Modiène, l'intellectuel venu de tunis 89

Le dîner des « chiots » 91

Goliath le « moisan » de beaudottes 95

Les bals des champs-élysées 99

La descente de la police 105

Les militants du parti 107

Yasser Arafat 109

Que sont-ils devenus trente ans après ? 113

Nos retrouvailles 117

L'HARMATTAN ITALIA
Via Degli Artisti 15; 10124 Torino
harmattan.italia@gmail.com

L'HARMATTAN HONGRIE
Könyvesbolt ; Kossuth L. u. 14-16
1053 Budapest

L'HARMATTAN KINSHASA
185, avenue Nyangwe
Commune de Lingwala
Kinshasa, R.D. Congo
(00243) 998697603 ou (00243) 999229662

L'HARMATTAN CONGO
67, av. E. P. Lumumba
Bât. – Congo Pharmacie (Bib. Nat.)
BP2874 Brazzaville
harmattan.congo@yahoo.fr

L'HARMATTAN GUINÉE
Almamya Rue KA 028, en face
du restaurant Le Cèdre
OKB agency BP 3470 Conakry
(00224) 657 20 85 08 / 664 28 91 96
harmattanguinee@yahoo.fr

L'HARMATTAN MALI
Rue 73, Porte 536, Niamakoro,
Cité Unicef, Bamako
Tél. 00 (223) 20205724 / +(223) 76378082
poudiougopaul@yahoo.fr
pp.harmattan@gmail.com

L'HARMATTAN CAMEROUN
BP 11486
Face à la SNI, immeuble Don Bosco
Yaoundé
(00237) 99 76 61 66
harmattancam@yahoo.fr

L'HARMATTAN CÔTE D'IVOIRE
Résidence Karl / cité des arts
Abidjan-Cocody 03 BP 1588 Abidjan 03
(00225) 05 77 87 31
etien_nda@yahoo.fr

L'HARMATTAN BURKINA
Penou Achille Some
Ouagadougou
(+226) 70 26 88 27

L'HARMATTAN SÉNÉGAL
10 VDN en face Mermoz, après le pont de Fann
BP 45034 Dakar Fann
33 825 98 58 / 33 860 9858
senharmattan@gmail.com / senlibraire@gmail.com
www.harmattansenegal.com

L'HARMATTAN BÉNIN
ISOR-BENIN
01 BP 359 COTONOU-RP
Quartier Gbèdjromèdé,
Rue Agbélenco, Lot 1247 I
Tél : 00 229 21 32 53 79
christian_dablaka123@yahoo.fr

Achevé d'imprimer par Corlet Numérique - 14110 Condé-sur-Noireau
N° d'Imprimeur : 708236 - Mars 2017 - Imprimé en France